François Maspero a été, dans une vie antérieure, éditeur et directeur de revues (*Partisans, L'Alternative*). Il est l'auteur de romans, de récits de voyages, d'essais historiques. Il est également traducteur, notamment de John Reed, Joseph Conrad, Francesco Biamonti, Álvaro Mutis, César Vallejo.

François Maspero

DES SAISONS AU BORD DE LA MER

Éditions du Seuil

TEXTE INTÉGRAL

ISBN 978-2-7578-3088-8
(ISBN 978-2-02-099263-3, 1re publication)

– Personne ne vit plus dans la maison, me dis-tu : ils l'ont tous quittée. Le salon, la chambre, la cour, gisent, dépeuplés. Il ne reste personne, puisqu'ils sont tous partis.
Et moi je te dis : Quand quelqu'un s'en va, quelqu'un reste. Le point par où est passé un homme n'est plus seul. N'est seul, de solitude humaine, que le lieu où nul homme n'est passé.

César Vallejo (Pérou, 1892 – Paris, 1938)
Poèmes humains

I.

VOIR LES FALAISES

1.

Dans ces années d'après-guerre, qui étaient pour lui celles de son adolescence, il venait de Paris par le train. Je le vois traverser la gare du Nord noire et enfumée, sous des verrières crevées où prévalait un jaune sale mais qui portaient encore des traces de la peinture bleue antiaérienne. Les wagons de seconde classe (on venait de supprimer la troisième classe, mais c'étaient les mêmes) étaient verts et à six roues, les flancs un peu rebondis – une porte, une fenêtre, une porte, une fenêtre, également arrondies, chaque porte avec un marchepied en bois – et les sièges en moleskine d'un vert plus clair étaient disposés face à face, quatre de chaque côté du couloir central. Mieux valait éviter de s'asseoir près d'une porte, parce que, par temps froid, l'air entrait fort. Par les beaux jours, en revanche, la vitre baissée, on risquait de recevoir des escarbilles. La locomotive mettait un temps infini à s'arracher des gares et à prendre de la vitesse. Quelle était la durée du voyage ? Quelque quatre heures, probablement.

Je sais aussi que, quand il le pouvait, mais ce n'était pas souvent le cas, il se plaçait près d'une fenêtre sans porte. Alors il ne se lassait pas de regarder le paysage. D'ailleurs, il ne s'en est jamais lassé : aujourd'hui, quand il prend le train, il achète des journaux pour le voyage, mais la plupart du temps il ne les lit pas – même dans les TGV, quand tout défile trop vite, qu'espace et paysages sont comme annulés et que le regard ne peut plus s'accrocher à rien. En avion, il demande un siège près du hublot. Il cherche infatigablement à reconnaître les montagnes, les rivières et les villes. Et les nuages aussi sont des paysages. Surtout quand ils sont traversés de déchirures et qu'apparaît, par exemple, sur le trajet de Montréal, un lambeau de mer friselée sur lequel flottent des morceaux de banquise, ou quand soudain s'étalent sur fond turquoise les îles Caïman comme de grands lézards émeraude, signe que La Havane ou Porto Rico ne sont plus loin. Mais ceci est une autre histoire, et déjà je m'égare. Dans les voyages dont je parle ici, le train traversait – et d'ailleurs il traverse toujours – des vallées boisées et des grands champs se succédant en croupes douces, bornés de haies, de bouquets d'arbres, d'églises grises et de maisons de briques. À cette époque-là, la ligne passait par des lieux dévastés : l'immense gare de triage de Creil, dont l'enchevêtrement des rails était encore criblé d'entonnoirs de bombes, et les monticules informes qui avaient été des bases de fusées V2 braquées sur l'Angleterre. Tout au long du trajet, on voyait les débris des guérites précaires qui avaient servi d'abri contre les intempéries aux civils requis par les occupants pour garder la voie, otages potentiels en cas de sabotage. Aux abords des gares subsistaient d'autres abris, en béton ceux-là. De part et d'autre dans les prés croupissaient des mares aux formes circulaires qui marquaient les endroits où étaient tombées des bombes. On disait qu'à Creil les forteresses volantes avaient largué des bombes de six tonnes enchaînées, mais il pensait que cela faisait partie des bobards incontrôlables qui avaient circulé tout au long de la guerre, bobards à la vie dure. À elles seules six tonnes lui semblaient déjà une charge suffisante pour un bombardier, même américain. Mais après tout, allez savoir.

Le train ne s'arrêtait pas avant Amiens. Lors de ses premiers voyages, il n'y avait, autour de la gare, qu'un champ de ruines. Il l'avait vue se reconstruire peu à peu, en béton gris massif. Puis avait émergé une étrange tour aux ambitions de gratte-ciel (mot jusque-là réservé à New York), dont il ne comprenait pas l'allure étriquée. Il sut plus tard qu'elle était l'œuvre d'un grand urbaniste du nom d'Auguste Perret, et il eut le loisir de retrouver les traces de ses méfaits un peu partout dans les villes françaises où les bombes avaient fait leur travail de mort imbécile.

Une fois – la guerre s'éloignait déjà, il devait avoir ou seize ou dix-sept ans –, il a fait une longue halte à Amiens, parce qu'il voulait voir la cathédrale. Parmi ses lectures, qui étaient erratiques et décousues, il avait croisé le livre d'un Anglais dénommé Ruskin, dont son manuel de philo faisait grand cas et qui chantait les louanges de ce chef-d'œuvre de l'art gothique dans des termes dithyrambiques. Il s'était dit qu'il ne pouvait manquer ça. S'il a bien compris le livre de Ruskin – mais a-t-il vraiment lu *La Bible d'Amiens*, ou seulement feuilleté quelques pages ? –, par son architecture la cathédrale d'Amiens concentre dans ses pierres tous les secrets de la vie, de la société, de la philosophie du Haut Moyen-Âge. Il a donc marché parmi les ruines, les chantiers, les constructions nouvelles, jusqu'à la masse sombre qui se dressait dans une sorte de no man's land. Du quartier environnant ne demeurait guère que le tracé des trottoirs au ras du sol, comme un plan grandeur nature. Rien ne séparait la cathédrale de la rivière qui coulait non loin, en contrebas. Sur l'autre rive, il a vu une verdure foisonnante, les hortillonnages alors en pleine activité, potagers et vergers striés de petits canaux que parcouraient quelques maraîchers sur des barques plates. Une fois passée l'admiration ressentie en découvrant que la cathédrale était restée quasi intacte au milieu de ce paysage lunaire, il a été déçu. Pourtant, il aime bien entrer dans les cathédrales, comme dans toute vieille église en général : il a l'impression confuse qu'il trouvera peut-être dans leurs profondeurs quelque chose de mystérieux qu'il ne saurait nommer. Tout en se répétant que cela n'a rien, non, absolument rien à voir avec quoi que ce soit de religieux. Bien sûr. Mais la cathédrale d'Amiens lui a paru sans grâce, lourde, surchargée de sculptures dont le relief se perdait dans l'épaisse et infinie noirceur. Il savait que le livre de Ruskin avait été traduit par Marcel Proust, mais, à cette époque-là, cela n'avait guère de valeur pour lui car il ne lisait pas Proust – ça devait venir plus tard, très tard –, paresse peut-être, et plus encore préjugé : qu'avait-il à faire d'un écrivain qui décrivait les mœurs d'une bourgeoisie pour lui disparue avec la guerre (et c'était tant mieux, pensait-il acerbement) ? Par la suite a paru un petit livre de Le Corbusier intitulé *Quand les cathédrales étaient blanches* : il y avait, dans ce titre et dans l'évocation qu'il annonçait, un parfum de forte nostalgie pour un monde dont les hommes avaient édifié des chefs-d'œuvre qui semblaient désormais et pour toujours engloutis sous la suie et la crasse produites et accumulées par leurs descendants. Comment savoir, alors, qu'un jour la glorieuse lumière des temps anciens se réverbérerait de nouveau sur les tours, les nefs et les arcs-boutants ? Le Corbusier a-t-il connu cette résurrection ? Il a en tout cas vécu assez longtemps pour voir ce que les bétonneurs qui se disaient ses disciples ont fait de ses rêves de cités qu'il voyait radieuses.

(Il y a peu, il est revenu à Amiens. La tour grise et l'ensemble de barres qui l'accompagne sont toujours là, et leur tristesse agressive aussi. Mais Amiens est une ville pleine de vie, où rien ne se lit plus des blessures subies : il se rend compte que, l'âge venu, il reste l'un des seuls à s'en souvenir, au milieu d'une population qui n'a plus rien à voir avec celle qu'il a pu connaître : nouvelles générations, mobilité du travail, flux migratoires. Il a suivi des rues piétonnières ombragées, où circule une foule affairée, jeune et diverse. On y respire encore – ou de nouveau – l'atmosphère d'une cité où la bourgeoisie a édifié au fil des siècles, et singulièrement au XIXe, époque pour elle triomphante, les signes aujourd'hui désuets de sa richesse, avec une assurance tranquille : caisse d'épargne, banques, palais de justice, musée, avec colonnes, macarons et cariatides. Les maisons ont peu d'étages, elles sont en briques, d'un rouge tirant sur le clair, avec parfois des reflets rosés que le temps n'a pas encore terni. En briques aussi sont les bâtiments universitaires entre le canal et la Somme, et la maison de la Culture, fleuron de l'époque Malraux. Il aime ces briques des maisons du Nord, dont la couleur évoque la chaleur paisible des intérieurs. Quant aux hortillonnages, ils ne sont plus qu'une curiosité touristique bien exploitée. Assis sur une marche, devant le parvis de la cathédrale, pour manger un sandwich, il a longuement bavardé avec un homme presque aussi âgé que lui, qui était venu conduire sa femme à l'hôpital et attendait qu'elle sorte de la consultation. L'homme lui a raconté qu'il avait été entrepreneur, il exploitait des sablières pour la fabrication du béton. La période la plus faste de sa vie avait été celle du retour des Français d'Algérie, parce que l'on a construit alors, a-t-il expliqué avec conviction, des grands ensembles en masse. Il admirait beaucoup la tour Perret.)

Entre la fenêtre du wagon et le paysage, les fils télégraphiques tendus de poteau à poteau comme des portées musicales montaient et descendaient à une cadence qui variait selon la vitesse du train. Depuis sa plus petite enfance, il aimait cet effet d'optique : c'était un élément important du voyage, comme la scansion des roues et le bruit de leur passage sur les aiguillages. Avant Amiens, surtout dans les premières années, il lui arrivait de devoir rester debout. On se serrait comme on pouvait aux extrémités du wagon. L'accès aux toilettes était souvent bloqué. Il se souvient qu'un jour, faute d'une meilleure solution, deux gendarmes y ont installé le prisonnier qu'ils convoyaient, dûment menotté, assis sur le couvercle de la cuvette, en laissant la porte ouverte. Il a tenté de rencontrer le regard du prisonnier, mais en vain.

Quand il se retrouvait coincé au milieu des voyageurs entourés de leurs valises et ballots de toutes sortes sur lesquels il butait dès qu'il déplaçait une jambe, il se sentait mal à l'aise, et ce n'était pas seulement physique. On ne se parlait guère. Les vêtements étaient sombres, vieux et usés – lui-même porta longtemps, et avec bonheur, un blouson défraîchi de l'armée américaine à fermeture à glissière, qui avait fini par lui être comme une seconde peau –, une odeur âcre stagnait, qui ne venait pas uniquement de la fumée épaisse des gauloises. Aussi préférait-il se tenir carrément dans le soufflet, malgré le fracas et le froid, seul. Il posait son sac sur les plaques mouvantes et s'asseyait dessus, durement secoué. Par la porte vitrée, il pouvait voir le wagon suivant, qui était parfois un wagon de première classe, à compartiments : son couloir était presque vide. Debout devant les grandes fenêtres, deux ou trois voyageurs fumaient nonchalamment. Il lui arrivait de les rejoindre, mais pas souvent, non par peur du contrôleur, mais parce qu'il méprisait ce genre de transgressions dérisoires à l'ordre social. Les petits risques sont idiots, pensait-il, cela n'en vaut pas la peine, il faut savoir se réserver pour les grands, ceux où l'on risque sa peau (très jeune, il pensait en avoir déjà suffisamment connu). Et puis il détestait l'absurde réprobation qu'il lisait dans le regard de ces voyageurs de la classe supérieure, comme s'il trahissait la sienne.

À Amiens, le wagon se vidait à moitié. Dès lors, il trouvait une place assise. Le train s'arrêtait dans des stations dont il savait qu'elles étaient proches de la mer, mais on ne la voyait jamais. Certains noms résonnent encore dans sa mémoire : Fort-Mahon, Rang du Flers-Verton, Étaples-Le Touquet baptisé pompeusement Paris-Plage. On parlait, maintenant, on mangeait, on fumait toujours, et le sol du wagon était vite jonché de mégots, des enfants couraient dans le couloir central. L'été, les vacanciers descendaient, famille après famille, pour rejoindre leurs plages par les petits trains d'intérêt local colorés qui les attendaient. Il n'a jamais très bien su ce qu'il y avait au-delà de ces gares. Manque de curiosité ? Était-il vraiment si pressé d'arriver ? Même quand il a fait le trajet à bicyclette – en deux jours : il campait une nuit au moins dans les champs au bord de la route, et il avait très froid –, puis plus tard à moto ou en voiture, il filait droit devant lui, sur la route nationale numéro 1 aux pavés abominables. Si, pourtant : il se rappelle qu'un jour, pour réparer un pneu crevé de son vélo – clefs minute, râpe, rustine, dissolution et pompe –, il s'est arrêté sur un versant de l'estuaire au fond duquel s'étend Étaples. Il faisait soleil sur la mer d'un gris bleu métallique, et il a vu la flottille des bateaux de pêche sortir du port et se déployer, voiles gonflées par le vent de terre. On les appelait des flobarts. Dans son souvenir, certaines de ces voiles étaient noires, ou brun sombre, mais il les confond peut-être avec celles des sinagos du golfe du Morbihan qui naviguaient ainsi de conserve avec une majesté d'escadre. En tout cas, c'est un beau souvenir.

Souvent, il arrivait à destination à la nuit tombante. C'était habituellement à la gare centrale, dans le bas de la ville, quelques centaines de mètres avant le port vers lequel la voie se prolongeait pour gagner la gare maritime, destinée aux voyageurs qui prenaient le bateau d'Angleterre. Mais le train, continuant vers Calais, pouvait aussi ne pas descendre dans la vallée, échancrure ouverte sur la mer. Il faisait halte alors sur la hauteur, au flanc du plateau qui porte la colonne de la Grande Armée, à la station des Tintelleries : un nom qui reste pour lui associé au grelottement de la sonnerie annonciatrice de la venue imminente du train pour Paris, avant que celui-ci ne surgisse du tunnel qui béait à la limite même du quai. Dans les deux cas, il devait récupérer son vélo au fourgon à bagages, avec toujours la crainte d'une roue voilée.

Et là encore, je le vois dans l'ombre grandissante de la vaste gare noire – tout était décidément noir en cette lointaine époque – où il y avait, vers les six ou sept heures du soir, un grand mouvement de foule. Les omnibus aux wagons de bois inconfortables déversaient les ouvriers revenant de leurs trois-huit dans les usines des environs : des aciéries de Pont-de-Briques, des usines de céramique de Desvres, des fabriques de Marquise. Épais bleus de travail, casquettes de drap, musettes luisantes de la patine causée par trop d'usure contenant les gamelles cabossées en étain ou en aluminium pour le manger de midi. C'est là qu'il retrouvait enfin le parler du Nord. Un parler traînant, presque plaintif, un accent chuintant, avec en même temps des télescopages de mots qu'il avait du mal à saisir et dont certains, même familiers, lui restaient incompréhensibles. Il a eu beau faire, il n'a jamais réussi à imiter le parler chtimi. Lui qui, pour avoir passé de longues années de son enfance dans le Midi, se surprend à retrouver d'instinct, dans sa voix, les tonalités musicales dès qu'il a dépassé Valence.

Dans la pénombre, il distinguait l'eau calme de la Liane dont il savait la couleur vert foncé, retenue par la vanne qui la séparait du bassin. Il tournait le dos aux quais sur lesquels, à la lumière jaune des projecteurs, les pêcheurs s'affairaient à débarquer les caisses remplies de poissons et de glace pilée. Il longeait un moment les docks qui bordaient le cours de la rivière en remontant vers l'intérieur. En toute saison venaient l'imprégner les odeurs de la marée entreposée dans les entrepôts et les wagons frigorifiques, à laquelle succédait celle, plus pénétrante, des harengs fumés, harengs saurs, kippers, craquelots et gendarmes. Par la suite, il a retrouvé cette odeur en Amérique, aux abords des sécheries des îles de la baie de Fundy, quand il est allé voir avec sa fille s'ébattre les baleines. Puis il obliquait à gauche pour grimper, vers le bourg que rien ne séparait vraiment de la ville, la longue côte qui menait, entre deux rangées d'étroites maisons basses serrées les unes contre les autres pour se réchauffer mutuellement, vers le plateau. Aux confins de celui-ci, il dépassait l'église à la tour carrée et crénelée. La maison était là, au milieu des grands arbres, presque à la sortie du bourg, sur la petite route conduisant à travers champs à un village de pêcheurs tapi entre falaise et mer.

*

Sa mémoire, surtout quand elle remonte si loin, vibre d'un grand et lancinant bourdonnement d'images, de sons, d'odeurs. Tout est net, tantôt sombre, tantôt vif et coloré, et tout est à la fois totalement présent et totalement intemporel. C'est très loin, si loin qu'il sait bien à quel point il ne peut en garantir la vérité, et c'est si proche qu'il sait bien, aussi, que cela compose encore aujourd'hui une part inséparable de son être : pas seulement de ce qu'il a été, mais de ce qu'il est. Chaque moment, chaque geste en restent marqués d'innombrables parcelles du passé. Un simple mot prononcé par lui ou devant lui les fait ressurgir. Tatouages, cicatrices. Sauf que, longtemps, ce passé n'a vécu en lui que pour féconder le présent et nourrir l'avenir. Maintenant, avec l'âge, il comprend que cet équilibre qui enrichissait sa vie est en train de se rompre. L'avenir raccourcit d'année en année, et chaque année le passé s'alourdit davantage en occupant la place laissée vacante. Rien d'original, pense-t-il. Oui, c'est l'âge. Sera-t-il bientôt l'un de ces vieux qu'il voyait dans son enfance, assis tout le jour près d'une fenêtre aux rideaux à demi tirés, silencieux, et le regard non pas absent mais comme perdu en eux-mêmes, ressassant – mais comment savoir ? – indéfiniment les mêmes souvenirs et les mêmes images ? Ou plus tard, quand lui-même a eu des enfants, ces autres vieux qui finissaient leur temps dans une île au ciel toujours changeant et que sa fille aimait tant regarder, au seuil de leur maison, fabriquer des voiliers dans des bouteilles ? Ceux-là ne savaient plus, même quand ils levaient les yeux vers l'horizon, que parler du temps de la journée et évoquer, par quelques brèves réminiscences, leurs navigations lointaines, toujours les mêmes aussi.

Et puis c'est une chose que de garder en lui tant de souvenirs si vivants, et c'en est une autre que de tenter de les attraper au passage, de les apprivoiser, de les prendre au piège des mots, de les dire et de les écrire. Les souvenirs défilent en toute liberté, ils volent, ils flottent, aussi précis qu'immatériels, ils apparaissent et disparaissent à leur gré, ils sont, comme on dit, libres comme l'air. Apparemment presque palpables, en réalité insaisissables. Les traquer dans leur course est une opération cruelle, comme fixer un papillon sur une épingle ainsi que le faisait son grand-père. Comme il le fait encore lui-même aujourd'hui, quand il ramasse une pierre qui brille si fort au soleil que son éclat semble émaner d'elle, feu caché dans sa gangue. Mais sa lumière se ternit dès l'instant où il la tient dans sa main, et ce ne sera plus bientôt qu'une petite masse informe et anonyme sur une étagère. Les mots figent, réduisent, aplatissent irrémédiablement. Toute tentative de résurrection est vouée à un cruel échec. En lui, les souvenirs vivaient. Sortis de lui, alignés devant lui, réduits par lui à une série de signes noirs sur le papier blanc, ils ont à peine le temps de se débattre qu'ils ne sont plus que des objets morts. Vaine espérance. Il les sent devenir des ombres muettes. Il pense alors à ces albums de photos où se succèdent visages et paysages que leur auteur peine à commenter pour des amis ennuyés auxquels ils ne disent rien.

D'ailleurs, que sont-ils réellement, ces souvenirs qu'il veut croire conservés intacts, mais qu'il sait aussi mille fois refaçonnés par le travail du temps ? Polis et dépolis comme les morceaux de verre roulés par la mer qu'il lui arrive encore de cueillir sur le sable à la frange des vagues – et s'il y lit toujours des reflets, ceux-ci sont-ils vraiment ceux du temps premier ? Une image peut apparaître, précise, mais rien ne la relie plus à celles qui la précédaient ni à celles qui la suivaient. Instantanés, flashs, cadrages, tout le vocabulaire de la photographie, qui est l'un des plus grands leurres que peuvent poursuivre ceux qui croient emmagasiner durablement un petit morceau de monde.

Escarbilles de la locomotive, eau stagnante de la Liane, senteurs de la marée et du hareng séché, route étroite qu'il gravissait, pédalant en danseuse entre les maisons basses, mâchefer de l'allée conduisant à la maison familiale, et tant d'autres réminiscences tenaces, ne sont que des traces tellement réduites à l'état d'épures qu'il n'est pas tout à fait dupe quant à leur véracité. Tout devait être plus divers, plus changeant, et il reste tant d'interstices vides qu'il est définitivement impuissant à remplir. La dernière fois qu'il est revenu dans ce port de son enfance, il a constaté qu'une large artère montait en ligne droite de la gare au plateau : n'existait-elle donc pas jadis pour qu'il fût obligé de faire un tel détour ?

Il a, au cours de sa vie, par curiosité autant que par métier, interrogé tant de personnes, des vieilles et des moins vieilles, sur leurs propres souvenirs qu'il en sait long sur les pièges de la mémoire : elle ne cesse de se transformer et de se reconstruire en se mélangeant jour après jour au présent. Ce n'est pas un hasard si, comme il l'a souvent dit et écrit, ils sont si nombreux, ces inconnus qui lui répètent que, de leur vie, il pourrait faire un roman. De la sienne aussi il le pourrait ? Oui, mais après, quoi ?

*

Aujourd'hui, la maison n'existe plus. De ce qu'elle était, il ne conserve qu'une unique image tangible, une carte postale couleur sépia. À en juger par la voiture qui stationne sur le terre-plein, la carte postale doit dater des années vingt, bien avant sa naissance. Pour autant qu'il puisse la détailler, cette voiture est une décapotable découverte à quatre ou cinq places, avec un énorme museau entre de hautes roues protégées par de grands pare-boue qui portent des phares proéminents.

Sur le flanc droit, à la hauteur du chauffeur, la roue de secours. La voiture est arrêtée devant les quatre marches qui forment une manière de perron et mènent à une porte placée dans le renfoncement de deux ailes reliées par une verrière ; au rez-de-chaussée, la façade de chacune de ces ailes est presque entièrement occupée par une seule haute fenêtre. La maison a un étage, les fenêtres du haut ont un linteau en plein cintre dont les moulures superposées sont protégées par le toit d'ardoises, formant comme de vastes mansardes. Un peu de lierre grimpe près de la fenêtre de droite, la plus proche. Au premier plan est disposé un banc de jardin, et à gauche, dans le fond, de grands arbres barrent le ciel, sans doute des hêtres aux troncs dépouillés. On devine plus que l'on ne voit une serre accolée au côté caché de la maison. Il se souvient que, dans celle-ci, son grand-père avait fait courir la treille d'une vigne dont le raisin ne mûrissait jamais. Il restait vert, d'un vert un peu malsain, comme celui des fleurs des hortensias qui, malgré l'ardoise pilée que sa grand-mère mélangeait à la terre autour de leurs racines, ne devenaient jamais bleues. C'est certainement une belle maison bourgeoise, bâtie dans la seconde moitié du XIXe siècle, mais rien – et en tout cas pas sa taille – ne justifie la légende au verso de la carte, qui la qualifie de château. Il n'a pas souvenir que personne l'ait jamais appelée ainsi. La vue elle-même, telle qu'elle a été prise, ne fait rien non plus pour le suggérer. Ce qui frappe, au contraire, c'est que la maison paraît avoir déjà beaucoup vécu sans que rien n'ait été fait pour lui donner l'aspect riant d'une demeure choyée. Les murs semblent ternes, sans apprêts particuliers, et l'on ne voit pas de massifs de fleurs, pas même une jarre près de l'escalier, ou un pot à une fenêtre. Lui, il sait que les fleurs sont ailleurs, éparses dans le grand jardin, mais le destinataire hypothétique de la carte n'est pas censé être au courant.

D'où lui vient cette carte ? Il ne sait plus. L'a-t-il retrouvée dans quelques papiers de famille enfermés dans des boîtes, en vrac, dont il se dit souvent qu'il devrait les classer, tout en sachant maintenant qu'il y a peu de chances qu'il ne le fasse jamais, parce que, toujours l'âge, le temps coule de plus en plus vite ? Plus probablement, il l'a achetée jadis sous les arcades du Forum des Halles, dans l'entrée du RER B. Là, les marchands disposent dans des bacs des milliers de cartes postales plus ou moins défraîchies, classées comme des fiches par départements, villes, sujets. Il aimait les regarder, poussant du coude les autres chalands sous l'œil vigilant des vendeurs. Indifférent à la foule noire qui s'engouffrait, pressée, compacte, à six heures du soir dans les escaliers roulants. Certaines cartes portaient au dos quelques mots : « Bons baisers de… » « Soleil, farniente, vin à volonté, nous pensons à vous… » « Je t'attends avec impatience. N'oublie pas de m'apporter le parapluie que j'ai oublié. Je t'aime. Lisette… »

Sur cette carte-là, pas de correspondance. Avec son verso vide, la traversée des ans lui confère quelque chose d'irréel et d'anonyme. Passé la première émotion de retrouver ce signe, cette preuve, que la maison a vraiment existé telle qu'il en gardait la mémoire, épuisé le plaisir fugace de pouvoir lui redonner une forme autre que celle brouillée et diffuse de ses souvenirs, il s'est rendu compte à quel point elle était, contrairement à tout ce qui restait en lui de vivant et de mouvant, figée, aplatie par le temps. À mieux la scruter, il comprend pourquoi : on n'y sent aucune présence humaine.

D'ailleurs, cette image destinée à courir la poste, qui en a commandé l'impression ? Elle n'a certainement jamais été vendue dans les tabacs du bourg, ni dans les magasins de souvenirs de la station balnéaire voisine qui existaient déjà quand la photo fut prise – filets à crevettes, seaux et pelles d'enfants, chapeaux de paille, figurines de pêcheurs en terre cuite, crue ou peinte, gros coquillages que l'on colle contre l'oreille pour entendre la mer, globes de verre contenant un phare sur lequel tombe la neige quand on les renverse. C'était une carte à usage strictement privé. Une affirmation discrète mais irréfutable de quelque membre de cette famille désireux de montrer à ses correspondants que l'on possédait du « bien au soleil » : pour preuve, cette maison cossue, aussi indestructible, pensait-il, que les ciments Portland Demarle & Lonquety – l'une des richesses de la région –, dont elle était certainement faite. Maison, voiture, perron, arbres, tout traduit la certitude d'une confortable assise que rien ne devait venir jamais ébranler. Mais de là, pour les heureux propriétaires, à poser devant, à animer par leur présence ce décor vide ? C'eût été d'un mauvais goût ostentatoire. Chez ces gens-là et en ces temps-là, la meilleure recette pour garantir la pérennité d'un bonheur bourgeois laborieusement acquis et accumulé de génération en génération, c'était bien d'éviter de s'afficher.

*

Souvenirs de l'enfance, souvenirs de l'adolescence : ils se superposent, se mélangent. La plus légère secousse décompose les images à peine apparues pour en recomposer d'autres, jamais tout à fait semblables. Il est vrai qu'entre l'enfance et l'adolescence il y a un hiatus, profond comme un gouffre, infranchissable, celui de l'absence et de la guerre, et, d'un bord à l'autre, plus rien n'est pareil. Mais allez donc faire le tri.

Les plus lointaines images de la petite enfance, pourtant, restent fixes, précises, inamovibles. Son frère le pousse par les allées cahoteuses du jardin dans une petite voiture en fer rouge en forme de torpédo dont les pédales sont depuis longtemps cassées, vestige d'enfances qui ont précédé la sienne. Ils se dirigent vers le lieu le plus éloigné de la maison, et le plus sauvage. C'est une futaie étroite et embroussaillée au bout du jardin, qui forme comme une haute clôture végétale. Un mince sentier en parcourt l'intérieur sur toute sa longueur. Derrière les arbres, et masquée par eux, il n'y a qu'une vaste plaine presque inhabitée qui s'étend jusqu'au village côtier voisin. Quand on arrive à la fin du petit bois, juste à l'endroit où il faut tourner à angle droit pour suivre ensuite le mur de séparation de la ferme adjacente, une éclaircie s'ouvre sur l'étendue aux herbes rases. De ce petit terre-plein, par temps clair, on découvre la mer, tout au fond, là où le plateau s'arrête, coupé net. Mais avant d'y arriver, son frère lui commente les mille dangers qui les guettent. Il y a un passage terrible où les Indiens les attendent, tapis dans les fougères, derrière les hêtres et les chênes. Ce passage, son frère lui dit qu'il se nomme Michigan. Au moment de l'aborder, on ne sait jamais ce qui peut advenir, le pire à coup sûr si les Indiens attaquent. Son frère le rassure en lui montrant le pistolet à bouchon dont il s'est prudemment armé. Mais ce qui le rassure davantage, c'est de sentir sa joue collée à la sienne. Quand ils parviennent sains et saufs de l'autre côté, la récompense de leur exploit est de voir, loin, très loin, mince ligne blanche au ras de l'horizon entre mer et ciel, les falaises de l'Angleterre. Bien sûr, cela ne se produit pas tous les jours. Un tel privilège doit se mériter. Il y a souvent de la brume sur la mer couleur d'acier terni, et parfois on ne voit même pas celle-ci. Mais, quand ça arrive, il se sent envahi d'une vague de bonheur, comme s'il remportait une victoire sur tous les obscurs guets-apens tendus par un monde dont il pressent qu'il n'est pas aussi simple que le prétendent les grandes personnes. Comme une tache lumineuse qui se répand dans tout son être et que, toute sa vie, il rêvera de retrouver. Aujourd'hui, encore, quand tout vacille, il se répète parfois : « Je verrai les falaises. »

Petite enfance, encore. Il joue dans la cour, celle que l'on ne voit pas sur la carte postale, derrière la face cachée de la belle maison, et qui est cernée de constructions basses – ce que l'on appelle les communs : logement des gardiens, anciennes écuries, remises, souillardes –, une cour qui dans sa mémoire est également pavée de briques rouges usées. C'est le matin, et les femmes de pêcheurs passent, avec leurs paniers de jonc. Elles les posent près des marches qui mènent à la cuisine où elles entrent pour parler un moment. Pour l'amuser, elles ont retiré des paniers un homard d'un noir profond aux reflets bleutés, étoilés de minuscules points blancs. Il le regarde se déplacer sur une marche de l'escalier, maladroit, agitant son énorme pince gauche avec des petits claquements. Il n'a pas peur.

Mais il lui arrive d'avoir peur de la mort. Pas une grande peur paralysante, non, peut-être même que « peur » est un mot trop fort, c'est plutôt un sentiment diffus qu'on lui cache quelque chose, dans ce monde fermé et chaud mais plein d'interdits et de mystères où l'enferment les grandes personnes. Un secret qu'elles gardent pour elles. Pourtant, à bien y penser, la maison est pleine de morts dont les portraits ou les photos semblent être là pour surveiller les vivants. Où sont-ils partis ? Raconter qu'ils sont au ciel et qu'ils vous surveillent d'un œil bienveillant, c'est un peu se moquer du monde. C'est comme quand on lui dit que la petite rondelle blanche, que le curé dépose le dimanche à la messe sur la langue démesurément tirée de tous les membres de sa famille venus défiler à la queue leu leu devant l'autel, est le corps du petit Jésus. Ce n'est pas à lui, qui sait depuis longtemps par son frère – quelqu'un de raisonnable, lui, que l'on peut croire dur comme fer – que saint Nicolas et le père Noël n'existent pas, non ce n'est pas à lui qu'on peut faire gober ce genre d'histoires sans autres explications, sous prétexte qu'il est trop petit pour comprendre. D'ailleurs, puisqu'il n'existe pas, ce saint Nicolas censé apporter des jouets et glisser une orange au fond de la chaussette qu'il place le 6 décembre de chaque année, avec ses cousins, devant la cheminée de ses grands-parents qui respectent la coutume du Nord, et puisqu'il n'existe pas davantage, ce père Noël censé de même garnir un soulier dans la nuit du 24 décembre chez ses parents qui, eux, vivent à l'heure de Paris, puisque, donc, ces deux compères-là – sans oublier le père Fouettard – sont des fables de grands en mal d'inventions stupides, pourquoi serait-elle plus crédible, cette étrange existence des morts qui sont partis vivre dans des contrées invraisemblables situées par-delà le ciel ?

Et même si c'est vrai que les morts vivent encore d'une vie différente, est-il si bienveillant que ça, leur œil prétendument vigilant ? Ne serait-il pas plutôt là, cet œil, pour juger et punir les petits et les gros mensonges, les petites et les grosses lâchetés qu'il faut bien commettre tous les jours si l'on veut vivre en paix avec ces grands si prompts à vous faire la leçon ? Ce n'est pas cette sombre histoire d'ange gardien, dont on lui dit qu'il ne le quitte jamais d'une semelle, qui arrangera les choses. Alors, dans tout ce micmac, la mort elle-même existe-t-elle pour de vrai ? Que faut-il croire dans cette affaire, où viennent encore s'ajouter la menace de l'Enfer et de ses diables portant cornes et queue fourchue, et la vision du Paradis et de ses saints qui se promènent tous avec des assiettes derrière le crâne ? Mais quand même, tout ça est bien inquiétant : heureusement qu'il y a aussi le Purgatoire. Une fois, au moins, il a rassemblé tout son courage et il a demandé si, lui aussi, il mourrait un jour. La réponse a été que oui, bien sûr, mais qu'il aurait bien le temps d'y penser quand il sera grand. Du coup, pour se rassurer, il a calculé qu'en l'an 2000, une date qu'il situe dans un futur si lointain qu'elle se confond avec la fin des temps, c'est-à-dire l'éternité, comme Pâques ou la Trinité dans la chanson *Malbrough s'en va-t'en guerre*, il aura largement dépassé l'âge inimaginable de soixante ans et que, d'ici là, on aura certainement trouvé le moyen de supprimer cette chose absurde qu'est la mort.

Il croirait davantage son frère – oui, il sait que son frère, lui, ne raconte pas d'histoires quand il s'agit de choses aussi sérieuses – quand il lui dit : « La mort, c'est comme un sommeil dont on ne se réveille jamais. » Mais quand on dort, au moins, on a des rêves. Pas toujours gais, mais enfin. Est-ce qu'on rêve, quand on est mort ? Son frère lui répond que c'est peu probable. Alors, le soir, il tarde à s'endormir, il se dit que, peut-être, il ne se réveillera pas, et comment imaginer ce que c'est vraiment, ce grand trou noir définitif ? Il se sentirait mieux s'il avait, près de son lit, une petite lumière qui brillerait toute la nuit, mais on se moque de ses peurs. Le plus étonnant, c'est que les mêmes qui sont si péremptoires quand ils lui disent qu'il est trop petit pour comprendre – ce qui suppose, en bonne logique, qu'en ce qui les concerne ils savent tout et ont tout compris – se comportent dans la vie comme s'ils n'étaient pas personnellement concernés. Ils parlent parfois des morts, de leurs chers disparus, c'est vrai, mais comme ça, au passage, avec des petits soupirs ou des sourires attendris : on dirait qu'ils ne pensent jamais que, eux aussi, ils partiront dans le grand sommeil noir dont on ne revient pas. Comment peut-on s'agiter avec tant de futilité toute la journée, quand on est au courant ? Quand on sait que tout ça se terminera un jour et pour toujours ? Ou alors faut-il admettre, ce qui serait quand même un comble, que les grandes personnes elles-mêmes ne sont pas assez grandes pour comprendre ?

Petite enfance, toujours. La nuit, il est réveillé par un fracas qui semble ne jamais devoir s'arrêter, monstrueux chocs métalliques, heurts prolongés, grincements de chaînes. On dirait une énorme bête qui tantôt gémit de douleur, tantôt hurle sa révolte. Il a parfois l'impression que ça se passe tout près, presque de l'autre côté du mur de sa chambre. On lui a dit que ça vient de la drague du port qui doit inlassablement racler le sable du chenal. Pourtant le port est loin, mais, dans le silence nocturne, l'air marin abolit la distance. Il paraît que cette chose s'appelle une *marisalope*, il ne comprend pas le mot, il sait juste que ça l'empêche de dormir, ou que ça lui donne des cauchemars. Un jour de promenade en ville, on l'a mené sur la digue pour la voir. C'est un amas de ferrailles grises aux énormes godets rouillés, auquel sont accolées des barges noires à demi remplies de glaise mouillée. De jour, elle a l'air placide. Mais la nuit, il a beau se raisonner, c'est toujours la bête. Il sera bien étonné, quelque cinquante ans plus tard, d'apprendre, au hasard d'une lecture, qu'il s'agissait d'un engin ultramoderne, la drague *Pas-de-Calais* mise en service en 1932, « la plus puissante du monde ». Et qu'une marie-salope n'est pas une drague mais la barge dans laquelle celle-ci se déverse.

De l'intérieur de la maison à cette époque, il n'a guère de mémoire. Même le souvenir de sa chambre reste obscur. Y couchait-il seul, ou la partageait-il avec son frère ? Oui, son frère devait l'occuper aussi, car il se rappelle que celui-ci a voulu un soir, de lit à lit, lui raconter le roman qu'il était en train de lire et dont le titre était, ça c'est sûr, *Quand le dormeur s'éveillera*, et l'auteur H.G. Wells. Il n'a pas bien compris, et il a profité d'un moment où il était seul pour essayer de lire lui-même, mais il a dû s'arrêter à la deuxième page, au moment où le dormeur en question se retrouve sur une colline dans un monde qu'il ne reconnaît pas, et qu'un passant lui dit quelque chose comme : « Tout ça c'est à cause de ces drogues modernes. » Il ne l'a jamais repris – il se dit parfois que, quand même, il devrait bien le lire pour de bon avant de… avant de quoi : de mourir ?

Du reste de la maison, il garde une impression d'humidité, mais c'est peut-être celle de l'après-guerre qui vient se superposer. Il se rappelle une salle de bains toute en céramique d'un étrange vert pâle, elle devait être très moderne pour ces années-là – proximité de la fabrique voisine oblige. S'il garde ce souvenir précis, c'est parce qu'un soir où il gesticulait en sortant de la baignoire, il a chuté, tête en avant, sur le bord du bidet et qu'il en porte encore aujourd'hui une cicatrice à la tempe, longtemps cachée par les cheveux. Il peut même dater l'incident, parce qu'il se souvient d'avoir imité Hitler dans son bain en vociférant un tas d'onomatopées rauques à souhait qui faisaient rire toute la famille : ça ne pouvait donc être que pendant l'été de 1939. Une autre image un peu nette lui reste aussi de cette serre accolée au mur ouest : bizarrement, elle lui semble sombre et froide, comme si le soleil n'y entrait pas. C'est peut-être la treille intérieure qui masque le jour, et il y règne une odeur de terre mouillée où se mêlent sucré et moisi.

D'autres l'ont dit, et mieux que moi : pour les enfants, les grandes personnes sont souvent des Ombres qui passent et s'activent au-dessus d'eux en parlant fort, protectrices mais imprévisibles. Elles s'agitent bruyamment dans un autre monde, un monde parallèle, un monde supérieur, comme les dieux de l'Olympe. Il leur arrive de faire preuve d'une gentillesse condescendante et même bêtifiante, comme si les enfants étaient incapables de rien penser par eux-mêmes. Ou elles peuvent manifester leur mauvaise humeur, voire se fâcher pour des bêtises, en adressant aux enfants des discours incompréhensibles sur la vie en général et leur comportement en particulier. Mais enfin, ces divinités tutélaires, il faut bien faire avec. Il leur arrive aussi de répondre par des plaisanteries stupides à des questions qui semblaient pourtant capitales, ou de s'en tirer lâchement par des « Tu es trop petit pour comprendre » ou « Tu comprendras ça quand tu seras grand ». Plus tard ? Aujourd'hui, après tout ce temps passé, alors que, il doit bien l'admettre, il est au seuil de la vieillesse, il se dit qu'il y a toujours des choses de la vie qu'il n'a pas comprises et qui lui resteront décidément à jamais obscures. Mais est-ce bien la faute des grandes personnes de ses premières années ?

Au sommet de cet Olympe, il y a les vrais maîtres de la maison, les grands-parents. Il voit son grand-père comme un colosse débonnaire habillé de gros drap aussi râpeux que ses joues mal rasées, qui le soulève pour le jucher sur son épaule, haut, très haut, près du ciel. Son grand-père est médecin. On dit de lui que ses connaissances sont sans limites, et l'enfant le croit. Il l'intimide. L'enfant ne peut pas savoir que ce géant massif qu'il vouvoie est en fait tout aussi intimidé par ses petits-fils – sauf, peut-être, par son frère, qu'il commence déjà à traiter d'égal à égal. Il s'adresse à l'enfant tantôt comme à un petit animal familier, tantôt comme à un être doué de raison auquel il explique des choses difficiles mais passionnantes, surtout quand ils partent ensemble pour de grandes explorations dans le jardin. Le jardin est le domaine de ce géant aux mains épaisses où parfois s'incruste la terre mais qui savent saisir une fleur ou un papillon avec une infinie délicatesse – ou faire courir avec une agilité insoupçonnée leurs gros doigts sur les touches du grand piano à queue pour jouer des valses de Chopin et des airs de *La Belle Hélène*. Rien des mille choses de la nature ne lui est étranger, il connaît les noms de toutes les plantes et de tous les insectes. Il ne se lasse pas de découvrir, en retournant les grosses pierres, d'intéressantes espèces d'insectes. Il lui fait observer l'humble bousier qui roule sa boule, le délicat lucane cerf-volant, le gros oryctes, dit rhinocéros à la cuirasse luisante, et, bien entendu, le carabe doré aux élytres d'émeraude. Il lui enseigne la vie des fourmis, les grosses noires aux reflets roux qui s'affairent autour de leurs fourmilières, de vraies villes reliées par de vraies routes où circule un intense trafic. Il lui montre la guerre sans merci que livrent les redoutables fourmis rouges aux courageuses petites fourmis noires. Il lui fait voir les transformations des chenilles en chrysalides et en papillons. De ces derniers, ils suivent ensemble le vol. Celui-là, d'une couleur blanche légèrement safranée avec un point noir sur chaque aile, c'est le vulgaire papillon de chou, cet autre aux dessins jaunes et noirs, c'est le machaon – parfois même ils voient se poser le superbe machaon grand porte-queue –, et cet autre encore, aux couleurs chatoyantes, dont il a oublié le nom, porte le dessin d'un œil sur les ailes. Tapi, ailes repliées dans la fissure d'un tronc d'arbre ou la moulure d'une fenêtre durant le jour, le sphinx tête de mort attend la nuit pour s'envoler. Au crépuscule, quand on allume les lampes, les phalènes viennent danser autour. Il lui apprend à ne pas avoir peur des faucheux, ces fausses araignées inoffensives aux longues pattes graciles qui rayonnent autour d'un corps minuscule, et à repérer les phasmes collés aux brins d'herbe, dont le corps filiforme d'une invraisemblable longueur a lui-même, à s'y méprendre, l'allure d'une brindille.

Quand son grand-père a découvert un papillon qu'il prétend particulièrement rare, il s'empare du filet vert fixé au bout d'une mince perche en bambou qui n'est jamais loin et le poursuit en vol. Plus tard, chaque fois qu'il repensera à la course de ce grand-père qui lui semblait herculéen et qui gambillait en brandissant ce ridicule ustensile, il ne pourra s'empêcher de rire, mais, pour l'heure, il prend la chose très au sérieux. La capture fait l'objet d'extrêmes précautions. Le chasseur, concentré sur sa proie, sort d'une de ses nombreuses poches un tube en verre, une petite fiole d'éther et un morceau d'ouate, le papillon bat un instant des ailes et meurt doucement, avant d'être glissé dans le tube. Il finira avec d'autres, tous dûment transpercés d'une épingle plantée dans le fond de liège d'une grande boîte rectangulaire au couvercle vitré. Mais à l'époque rien de tout cela ne semble cruel à l'enfant admiratif. La mort des humains peut l'inquiéter, pas celle des papillons.

Les arbustes, disposés en haies de part et d'autre de la large allée qui vient de la route, ou en massifs, les troènes, houx, fusains, cognassiers du Japon, lauriers sauges – dont sa grand-mère vient souvent cueillir les feuilles –, doivent avoir l'âge de la maison, tout comme les rosiers et les hauts arbres, hêtres, chênes, alisiers, marronniers d'Inde, plantés par les générations précédentes. Autant dire que, pour un enfant, ils sont là depuis la création du monde. Pourtant, il apprend vite que les arbres meurent aussi. Quand on en abat un et qu'on le débite en billots, il s'efforce, comme son grand-père le lui a appris, de compter les années en dénombrant les cercles concentriques sur la tranche du tronc, mais il s'embrouille vite. Aux vacances de Pâques, il découvre sur les marronniers une explosion d'inflorescences blanches ou rouges dont les pétales tombent en épais tapis sur les allées. En septembre, il joue avec son frère et ses cousins à se bombarder à coups de grosses bogues vertes aux piquants inoffensifs, ou il pèle l'écorce vernissée des marrons pour tailler de vagues figures humaines en creusant bouche et yeux dans la chair dure et blanche qui tourne vite au brunâtre. C'est difficile, parce que la pointe du petit couteau de poche que lui a donné sa mère est arrondie, et le fil n'est pas aiguisé. Quand il se plaint de ne pas avoir une lame pointue et tranchante comme les grands, sa mère lui dit qu'il est encore trop jeune, qu'il pourrait se blesser. Elle ajoute d'un ton moqueur que les mauvais ouvriers ont toujours de mauvais outils. Toute sa vie, il lui restera quelque chose de cette humiliation. Voilà pourquoi aujourd'hui, quand il se promène dans les montagnes qu'il aime, bien loin de là, dans les pays de soleil, il ne perd jamais une occasion d'affûter sur des pierres plates son couteau à manche de genévrier.

Son grand-père, au fil de sa vie, s'est appliqué à faire d'autres plantations. Beaucoup ne sont pas habituées à ce climat du Nord, et cela lui vaut des déboires. Il se procure des espèces rares de paulownias, de rhododendrons, d'althæas, toutes plantes censées fleurir à merveille. Elles végètent et souvent dépérissent. Seul a vaillamment résisté un gros ginkgo, c'est normal, le ginkgo est l'un des arbres les plus vieux du monde, il existait bien avant les hommes et existera sûrement bien après eux. Ce ginkgo-là est triste, car il est désespérément solitaire. La rocaille donne de meilleurs résultats, même si les plantes grasses ne résistent guère aux grands froids. Seulement, c'est très difficile de différencier les pieds de cyclamens nains et de fleurs alpestres qui poussent à ras de terre des vulgaires mauvaises herbes. La plus grande réussite est l'introduction, grâce à quelques graines expédiées par un lointain correspondant, d'un végétal largement feuillu et vaguement poilu qui porte le nom prestigieux de berce du Caucase. Celle-ci s'est répandue en peu de temps partout. Par son aspect, rien ne la distingue au premier abord de cette plaie des jardins que l'on appelle vulgairement « patte d'oie », si ce n'était son gigantisme. Elle produit des feuilles énormes, une tige fibreuse qui dépasse en hauteur la taille du grand-père et en épaisseur celle d'un jeune noisetier, surmontée d'immenses ombelles qui expulsent des milliers de graines. La grand-mère ne cesse de tonner contre cette prolifération, elle évoque les grandes invasions, elle rappelle que les Huns venaient sûrement des mêmes contrées. D'ailleurs, dit-elle avec raison, cette berce du Caucase n'est en fait qu'une mauvaise herbe hypertrophiée, une plante parasite par excellence, qui détruit l'ordonnance des pelouses et met le potager sens dessus dessous plus sûrement que les pires chiendents, car sa racine, en forme de rave et couverte d'une substance gluante sur laquelle les doigts dérapent, plonge jusqu'aux entrailles de la terre, ce qui la rend impossible à extirper en entier : on a beau faire, il en reste toujours un morceau, et tout est à recommencer un mois plus tard.

Le potager est le domaine du jardinier. C'est le gardien, qui habite avec enfants et petits-enfants dans le logement de briques de l'autre côté de la cour. Un homme taciturne, cheveux gris et moustache noire. Il a fait Verdun, il a été amputé d'une jambe, remplacée par un pilon noir à rondelle de caoutchouc, ce qui ne l'empêche pas de bêcher et de pousser la brouette. Ses rares propos sont brefs, en forme d'aphorismes longuement mûris, empreints d'un dur accent chtimi. Il est passé maître dans l'art de cultiver des potirons et d'énormes citrouilles dont les tentacules feuillus rampent sur le tas de fumier. Au-delà des lignes de carottes et de laitues, un grand espace est réservé aux fleurs, dahlias, phlox, glaïeuls, que la grand-mère vient couper, affublée d'un large chapeau de paille au ruban effiloché, et munie d'un long panier d'osier. Et comme elle tient à ce que ses petits-enfants connaissent les choses de la terre, elle a attribué à chacun un petit carré qu'ils sont tenus de labourer, biner, sarcler, arroser. Avec ses cousins, il sème des radis, parce que c'est ce qui vient le plus vite, et on leur donne à repiquer des plants de poireaux. Tous les matins, au réveil, ils courent au potager et les déterrent pour voir si les fines racines blanches ont bien poussé pendant la nuit. Ils comparent, ils se disputent, c'est à qui prétendra avoir les plus longues. De toute manière, lui, il hait les poireaux, qui font des cheveux dans la soupe. Aujourd'hui, la seule odeur de la soupe aux poireaux dans l'escalier d'un immeuble parisien lui donne la nausée, il se revoit en train de mesurer ces horribles radicelles blafardes et les oreilles lui tintent encore des sarcasmes de ses cousins.

Avec son grand-père, il va aussi au bord de la petite mare où celui-ci s'efforce d'acclimater des nénuphars. Les bords en sont tapissés de menthe. Ses pieds s'enfoncent dedans en faisant un bruit de ventouse, et l'odeur qui en monte est forte et agréable. Autour sautillent parfois des rainettes jaunes, qui s'arrêtent soudain pour le dévisager. Sur la surface de l'eau, il voit filer les dytiques comme des patineurs. Son grand-père lui permet d'attraper des têtards et lui montre les différents stades de leur croissance, la pousse des pattes, la perte de leur nageoire caudale. Il en a rapporté à la maison dans un bocal, mais ils y dépérissent rapidement et, à sa grande déception, ils ne vont jamais jusqu'à se transformer en grenouilles. Un jour, il a décidé qu'ils seraient plus à l'aise dans la baignoire verte. Sa grand-mère et sa mère se sont répandues en clameurs horrifiées, et les têtards sont partis par la bonde de la baignoire vers un destin peu riant. Dans la mare, il attrape aussi des salamandres et des tritons, mais ceux-ci n'apprécient pas davantage la prison du bocal. Pourtant, il glisse dedans des herbes aquatiques.

Et puis il y a ce lieu mystérieux que l'on appelle le ravin. Il s'ouvre tout près de la maison et lui paraît immense et inquiétant. Un petit sentier descend entre les arbustes serrés vers le fond de terre meuble et noire. Il ne s'y aventure jamais seul, il a peur des bêtes qu'il pourrait y rencontrer, il a cru voir glisser des serpents, et, aux abords, un crapaud semblait monter la garde. Son frère lui a bien expliqué que ces serpents sont des couleuvres ou des orvets, inoffensifs et, de plus, très utiles, parce que, comme les crapauds, ils mangent les moustiques, les mouches et un tas de bestioles nuisibles. Mais quand même, il ne peut s'empêcher de se dire qu'une bête plus dangereuse est tapie là-dedans : peut-être même La Bête en personne. Il n'y croit pas vraiment, mais le petit frisson de peur qu'il en éprouve a aussi quelque chose de délicieux. Il n'y va donc qu'avec son grand-père qui y a enfoui une racine d'osmonde, une fougère royale paraît-il exceptionnelle, et qui va régulièrement vérifier s'il en sort quelque pousse. Mais la terre, à cet endroit, demeure désespérément nue. Aujourd'hui, il se rend compte qu'il n'aura jamais vu d'osmonde, elle restera pour lui à tout jamais une plante mythique.

Il y a beaucoup de monde dans la maison, et c'est pour cela qu'il est souvent livré à lui-même. Quand sa mère et sa grand-mère se retrouvent pour les vacances, elles ont tellement de choses à se dire, surtout quand sa tante est également là, qu'elles n'arrêtent pas de parler toute la journée, et tard encore le soir il les entend de son lit. Leurs voix sont fortes, il ne peut les différencier, et forment un bruit de fond ininterrompu, avec des modulations, des variations, ça monte, ça descend comme les vagues qu'il a vues onduler du haut du cap Gris-Nez. Un bruit pas désagréable, non, et même plutôt rassurant, qui le poursuit dans son sommeil. Elles continuent leur bavardage partout, dans la cuisine où chauffe été comme hiver le gros fourneau de fonte noire à barre de cuivre qui dévore les boulets de charbon, dans la serre, installées à tricoter ou à coudre sur les chaises longues en vannerie quand un rayon de soleil parvient à percer le rideau végétal, dans le salon où d'autres viennent les rejoindre. Il ne saisit pas ce qu'elles disent, et puis ça ne l'intéresse pas vraiment, encore que, parfois, il tende l'oreille au cas où elles parleraient de lui, mais il se doute qu'elles ont sûrement plein de choses plus intéressantes à se raconter. Si, par hasard, il est présent – comme dans la cuisine, par exemple, où il vient rôder –, elles lui disent d'aller jouer ailleurs. Ou bien, emportées par la discussion, elles ne le voient pas, jusqu'au moment où l'une d'elles lance soudain un *not before the child* qui l'expulse aussitôt. Il trouve que dire ça en anglais est complètement idiot, mais elles sont comme ça : c'est lui qu'elles prennent pour un idiot.

C'est dans la salle à manger que les conversations sont les plus animées. Les rires claironnants, le crescendo des voix, surtout celles des hommes qui cherchent à s'imposer – par moments, on dirait qu'ils se disputent et même que les rires se muent en éclats de colère, mais à propos de quoi ? –, portent loin. Il n'a pas le droit de partager le repas familial dans la salle à manger comme son frère, et c'est tant mieux, car il échappe ainsi aux observations, « ne mets pas tes coudes sur la table », « tiens-toi droit », « noue ta serviette autour de ton cou », et le redoutable « tiens ton couteau de la main droite ». Il mange donc avant les autres dans une pièce sombre attenante à la cuisine, qu'on appelle l'office, sur une table et une chaise à sa taille. Quand ses cousins sont là, ils mangent ensemble. Ils ont un et deux ans de plus que lui, il les aime bien, il aime jouer avec eux, mais il n'est jamais tout à fait rassuré parce qu'il leur arrive, sans crier gare, de se liguer contre lui. Par exemple, à table, justement, quand il y a des petits pois et qu'ils se mettent à se bombarder. Les petits pois s'écrasent partout, et ils disent que c'est lui qui a fait ce gâchis.

Non, la seule personne avec qui il se sent vraiment bien, c'est son frère, à condition que celui-ci ne prenne pas ses airs supérieurs. Dans ses bons jours, lui au moins sait inventer des jeux qui en valent la peine. Comme quand il trace des rails de chemin de fer avec les pieds d'une chaise dans les allées et qu'il décide qu'ici il y a une station, ici un aiguillage, que telle marche est un quai, et que la cabane au fond du jardin est la grande gare centrale et le dépôt des locomotives, et ils sont eux-mêmes des locomotives qui sifflent, halètent et crachent de la fumée, les aérodynamiques pour les grands rapides, les haut le pied pour les trains de marchandises. Ou quand il lui montre comment couper les lianes fibreuses de la viorne et les fumer, ce qui le fait tousser et lui donne des nausées, mais il est trop vaniteux pour le dire.

C'est aussi un défilé permanent de gens de passage, des invités dont certains restent plusieurs jours. On dirait que cette famille a des ramifications infinies, et il est incapable de s'y retrouver, au milieu de tous ces oncles, tantes, cousins éloignés, si éloignés même qu'on les dit « à la mode de Bretagne ». Il ne s'y retrouvera d'ailleurs jamais. Plus tard, dans le journal, il lira des noms qui lui rappelleront vaguement le passé : tiens, celui-là, un personnage important, doit être un membre de cette tribu tentaculaire, ou son fils, ou sa petite-fille. Ou il a dû l'être, car il figure dans les pages nécrologiques, précédé d'une interminable énumération de personnes affligées qui ont la douleur de… et suivi d'un nombre aussi interminable de titres et de décorations. Il recevra aussi de temps en temps des lettres d'individus qui se prétendent ses cousins, ses neveux, ou même, le temps passant, ses petits-neveux, mais ce sera si loin… Quelquefois se présenteront d'heureuses surprises. Mais de la plupart, en règle générale, il n'a pas pris la même route. La sienne n'a pas été celle de l'argent et des honneurs, et il compte bien que, quand il mourra, son nom n'apparaîtra pas dans les rubriques nécrologiques. À chacun sa fierté. Il n'est pas mécontent de ce qu'il a fait de sa vie, ou de ce que la vie a fait de lui, mais ça ne regarde finalement que lui.

On parle beaucoup anglais dans la maison : l'Angleterre est si proche, et c'est là une tradition bien ancrée dans la bourgeoisie du port. Relations d'affaires, d'abord, perpétuées de génération en génération, et qui ont fini par créer des liens quasi familiaux. Et puis la bonne société anglaise vient régulièrement pour de longs séjours goûter l'exotisme du continent. Ainsi, sa grand-mère a une amie d'enfance que tout le monde appelle Mamsey, qui débarque chaque année de Londres.

Elles ont dû se connaître en pension, car il est aussi de bon ton, ici, d'envoyer ses enfants quelques mois de l'autre côté de la Manche – et réciproquement. Son frère vient de passer quelque temps comme pensionnaire dans un collège anglais, et l'enfant appréhende déjà le jour où ce sera son tour. Son frère est revenu avec l'exaspérant accent du *King's english*. Il s'est beaucoup bagarré avec les garçons qui lui rappelaient constamment qu'à Waterloo les Anglais avaient donné une bonne raclée à Napoléon. Son frère est fort, il ne s'est pas laissé faire, il sait se battre. Mais lui ? Faudra-t-il aussi qu'il défende l'honneur de la France et de Napoléon ? Cette Mamsey, on lui a expliqué d'un air important qu'elle s'appelait Dickens et qu'elle était la petite-fille d'un écrivain célèbre. Et alors ? Ça n'est jamais qu'une vieille dame comme les autres : très gentille quand elle daigne s'apercevoir qu'il existe, mais quand même rien d'autre qu'une Ombre de plus.

On reçoit également la visite de l'oncle Michel, un cousin du grand-père, élégamment habillé de blanc, visage rose d'enfant, cheveux blonds bouclés, yeux d'un bleu délavé. Il ne parle pas beaucoup, aime rester des heures près du poêle quand celui-ci est allumé, raconte le soir aux enfants des histoires terribles de l'affreuse Baba Yaga qui vivait dans une cabane fixée sur une patte de poule, ou de traîneaux et de loups, et chante des petites comptines en russe. On dit de lui derrière son dos avec une condescendance amusée et affectueuse qu'il ne sait rien faire de ses dix doigts et que sa seule occupation est de fréquenter des dames, toutes supposées très jolies. L'oncle Michel est russe. Il a, paraît-il, eu des malheurs, il possédait des terres immenses du côté de Vitebsk, il a fui la révolution après avoir été fouetté par ses paysans. L'enfant, à qui son frère a expliqué des choses sur cette histoire de révolution, trouve que ce n'est que justice, parce qu'il a lu aussi *Le Général Dourakine* : après tout, les paysans n'ont fait que lui rendre la monnaie de sa pièce. En tout cas, c'est grâce à l'oncle Michel qu'il a appris les paroles d'« *Otchi chornye* », ces yeux noirs qui sont restés à jamais gravés dans sa mémoire – passablement déformées, il faut bien le dire. Des yeux noirs comme ceux de la fille qu'il aura plus tard et qui, à son tour, aimera tant la chanson.

*

Son père ne vient que par intermittence et ne reste jamais longtemps. Il est entendu, une fois pour toutes, que c'est quelqu'un de très savant qui s'isole des jours entiers, et même des nuits entières, à griffonner des choses incompréhensibles, et qu'on n'a pas le droit de déranger. À Paris, dans son bureau, les livres débordent des bibliothèques et s'amoncellent partout, sur les chaises et en piles instables à même le parquet. Il aime être avec son père, c'est toujours rassurant, un père, mais il a trop souvent l'impression confuse que, pour celui-ci, il n'est qu'un petit être déconcertant. Son père ne comprend pas qu'il ne soit pas dans les premiers de sa classe, à l'exemple de son frère et de lui-même dans son enfance, il ne comprend pas que, pour un oui ou pour un non, il se referme sur lui-même, prêt à griffer et à cracher comme un chat en colère, qu'il confonde sa main droite et sa main gauche, qu'il soit pris de bégaiements incontrôlables, qu'il soit tout le temps distrait et que ses héros préférés soient Zig et Puce ou Bibi Fricotin. Quand son père finit par se fâcher parce qu'il n'arrive pas à réciter une leçon correctement, il le traite de Gribouille. Ses cousins qui n'ont pas l'oreille dans leur poche le savent et ne se privent pas de l'appeler comme ça. Mais enfin son père sait faire aussi beaucoup de choses en dehors de ses griffonnages, et même, un jour, il l'a aidé à construire une cabane dans le fond du jardin, qui a fait pâlir ses cousins de jalousie. Une cabane plus belle que celle qu'un oncle attentionné construit pour les petites filles modèles des *Vacances*, un livre merveilleux, celui-là. Une cabane comme celle des sauvages au milieu desquels son père a longtemps vécu, une cabane aussi vraie que celle qu'on voit dans le journal de la Ligue Maritime et Coloniale auquel on l'a abonné d'office et qui est d'un ennui mortel. Mais l'enfant admire éperdument son père d'avoir été chez les sauvages, et il espère bien faire la même chose quand il sera grand. Voilà au moins un but sérieux dans l'existence.

*

Aujourd'hui, il se demande : était-ce là le vert paradis des amours enfantines ? Du vert, oui, il y en avait beaucoup, un peu trop, même, quand il y repense, lui qui ne se trouve jamais si bien que dans les grandes étendues pierreuses semées de chênes verts et de cistes des piémonts méditerranéens, les escarpements rocheux, les combes et les vallonnements striés de très anciennes terrasses des Cévennes, les *mulatiere* pavées de cailloux polis qui serpentent dans les montagnes de Ligurie, le gris argenté des oliviers de Provence. Mais d'amours, il ne se souvient guère. À Paris, quand il allait le jeudi au bois de Boulogne, il s'est renseigné comme il a pu en comparant son anatomie avec celle d'une fille complaisante de son âge, à l'abri du tronc creux d'un gros marronnier. Intéressant, mais rien à voir avec le paradis. Ici, ses cousins exhibent complaisamment la leur, ils font des choses bizarres avec et se moquent de la dimension minuscule de ce que sa mère appelle son petit robinet. Ils le jettent à terre et essayent de le tripoter, il se défend, il griffe et mord, ça le dégoûte et l'attire en même temps. Les amours, les vraies, ne viendront que plus tard, et c'est peut-être pour cela qu'il s'y donnera de tout son être, passionné et insatiable, gourmand comme un enfant qui n'a jamais complètement grandi. Est-ce pour découvrir enfin ce paradis qu'il n'a pas connu ? Pour l'instant, des filles, il n'en voit que quand il va à la plage, elles font bloc entre elles, elles rejettent toutes ses propositions bégayantes de jouer ensemble, il a l'impression qu'elles appartiennent à un autre monde, et il n'a pas tort. Mais il ne le sait pas encore. Plus tard, il comprendra.

Un autre monde, oui. Mais que dire de ce monde qui devrait être le sien ? Celui de cette famille qui s'agite autour, au-dessus de lui, dans cette maison, ce jardin clos, sous le ciel immense traversé par le vent marin qui balaie les nuages, ploie les arbres, où viennent tournoyer les corbeaux, les goélands criards et les mouettes ? Est-il vraiment son monde ? Quand il revoit, avec le recul du temps, ces images de son enfance, il a l'impression qu'il y était un peu comme un étranger, et s'il n'y avait eu son frère, il s'y serait senti bien seul.

*

Au fond, il sort peu. Il accompagne sa grand-mère quand elle va dans les boutiques du bourg. Elle ne s'aventure guère plus loin que la grande rue qui s'allonge derrière l'église, passé le mur du cimetière. Ils vont de boutique en boutique, elle est accueillie avec déférence et y tient de longues conversations. Elle connaît les commerçants, c'est le monde de son enfance à elle, qui a connu les parents et les grands-parents des commerçants actuels. Elle leur parle avec un mélange de familiarité et de condescendance. Elle s'enquiert de la santé des uns et des autres. Un jour, toujours soucieuse de faire l'éducation de ses petits-fils à coups de leçons de choses, elle l'a emmené chez le boulanger, ils sont descendus dans le sous-sol, elle voulait qu'il sache comment on fait le pain dont il se nourrit. Les hommes étaient en maillot de corps, les bras enfarinés, l'atmosphère confinée était brûlante, ça sentait le pain chaud et la sueur. Ils lui ont donné à malaxer un petit morceau de pâte qu'ils ont enfourné au bout d'une longue pelle, pour qu'il puisse ensuite le goûter. Il s'est senti gêné. En fait, sa grand-mère ne va pas beaucoup – en tout cas pas avec lui – sur les pentes qui descendent vers le port et où s'alignent les maisons ouvrières.

La promenade qu'il fait le plus souvent avec ses cousins, accompagnés d'une grande personne, c'est sur la route qui passe devant la maison et mène au village des pêcheurs. Ils ne vont pas loin. Ils emportent le goûter et s'installent sur un petit tertre au pied d'un grand calvaire, face aux prés qui s'étendent jusqu'à la mer. Mais de là, on ne l'aperçoit pas. Seuls sont visibles les champs de blé et les ondulations vertes et rases où errent des moutons. On les appelle des moutons de pré-salé, parce que, lui a-t-on dit, le vent du large sale l'herbe et donne un goût particulier à leur viande. Le calvaire est hideux : un Christ peint en jaune y est condamné à la crucifixion perpétuelle et à la rouille. Un serpent verdâtre s'enroule autour du pied de la croix d'un brun sinistre. Il doit y avoir aussi, en bas, une tête de mort, mais là, c'est peut-être son imagination qui joue des tours à sa mémoire. Chaque été, à la fête de l'Assomption, quand on sort la statue de la Vierge pour la promener en chantant des Ave Maria, la procession va jusqu'au calvaire. À cette occasion, sa grand-mère installe, devant le portail de la grande allée, ce qu'elle appelle un reposoir, une table couverte de monceaux de fleurs, avec des images pieuses.

Au village des pêcheurs, il ne va jamais. Cela reste

pour lui une contrée lointaine. Sa grand-mère lui a raconté qu'il n'y a pas si longtemps, à l'époque où l'on faisait encore la pêche à Terre-Neuve, les femmes préparaient pour le retour de leurs maris de grands tonneaux pleins d'eau chaude qu'elles disposaient devant le seuil. Dès que les terre-neuvas étaient arrivés, elles les forçaient à se mettre tout nus et à entrer dedans. Ils demeuraient là, debout, à tremper aussi longtemps qu'il le fallait, comme la morue séchée qu'on dessale. Après, seulement, ils avaient le droit de passer la porte de la maison. Son frère, lui, va au village. Il va aussi au pied des falaises, où il ramasse une glaise grise, très homogène, très onctueuse, dans laquelle il modèle des statuettes biscornues qu'il fait cuire dans le four de la cuisinière. Il lui a permis de faire des petites assiettes : une fois cuites elles sont solides, mais ça ne ressemble à rien, et surtout pas à ce qu'il voulait faire. En plus, il laisse des traces boueuses partout dans la cuisine. Il est décidément maladroit.

Quand il descend en ville, ce qui est trop rare, c'est presque toujours avec son père. Ils vont sur le port. Ils assistent au départ du bateau d'Angleterre. Cette masse de métal noire et blanche, les brefs appels de la sirène qui l'assourdissent un instant, les nuages d'épaisse fumée qui s'échappent par saccades de la haute cheminée jaune au moment où, sous la plage arrière, se forment de gros remous, la foule sur le pont, la foule sur le quai, tous ces gens qui font de grands gestes avec les bras, les appels de marins qui retirent les passerelles et larguent les haussières ruisselantes, tout cela forme un spectacle merveilleux. L'arrivée aussi en est un, quand, du bout de la digue, ils devinent par beau temps, se détachant sur la fine ligne blanche de la côte britannique, la petite tache sombre qui grossit lentement, montant et descendant dans la houle, jusqu'à redevenir le majestueux navire qui se faufile dans le chenal. Un navire semblable à celui sur lequel, il en est sûr, il embarquera un jour, quand il partira chez les sauvages. Ils flânent aussi le long du quai des gros bateaux de pêche serrés les uns contre les autres dans un fouillis de mâts et de filets tendus. Son père l'emmène dans un bistrot du port boire une limonade. C'est chaud, enfumé, les hommes parlent fort. Dans ces moments-là, père et fils peuvent rester silencieux, mais ils sont enfin proches. Son père l'a conduit aussi en haut de la ville. Ils montent au Calvaire des marins qui, tourné vers le large, doit veiller sur les âmes de tous ceux qui ont péri en mer et dont les noms sont gravés là. Plus tard, il y reviendra souvent. Ils sont allés au musée. Là, il a vu la momie rapportée jadis par un égyptologue enfant du pays, un certain Mariette. Noire comme un bloc de charbon dans ses bandelettes défaites et à demi décomposées, le visage desséché et rabougri, grimaçant de toutes ses dents entre l'absence de lèvres. C'était donc ça, ces pharaons dont son père chante tant les merveilles ? Et c'est donc ça que l'on devient après la mort ? Longtemps, la momie reviendra dans ses cauchemars.

Pour aller à la plage, il faut marcher une demi-heure sur la route rectiligne qui traverse le plateau et mène au bourg voisin. Quelques villas cossues bordent le trajet.

L'une d'elles lui est encore un sujet d'émerveillement. Dans le petit jardin sont disposés, peints de couleurs vives, les sept nains de Blanche-Neige. Ses cousins et lui s'arrêtent longtemps pour les contempler. Ils s'attribuent mutuellement leurs noms. Ses cousins choisissent Joyeux et Prof, parfois Atchoum, et, d'office, ils le baptisent Simplet.

L'événement, sur ce parcours, c'est quand surgit en rase campagne, venant d'on ne sait où, un tramway jaune qui brinquebale sur ses rails, le trolley jetant des étincelles quand les fils sont agités par le vent. Une étrange image qui restera profondément gravée en lui. Dans son souvenir, il ne voit pas de passagers. Ni de conducteur. C'est le tramway fantôme. Il ne l'a jamais pris, il n'a jamais su d'où il venait ni où il allait, encore que, en y repensant, la logique veuille qu'il ait relié le port à la plage en passant par le plateau.

Au pied de ce bourg de la côte, la plage est immense, elle s'étend à l'infini le long des falaises, de la digue du port voisin, au-dessus de laquelle défilent de temps en temps les cheminées des transatlantiques qui viennent relâcher dans le grand bassin, au village des pêcheurs et sans doute plus loin encore. Et, à marée basse, elle est presque aussi infinie en direction de la mer qui se retire très loin, quitte à revenir, comme on le lui serine souvent, « à la vitesse d'un cheval au galop », ce qui est, paraît-il, très dangereux quand on ne prend pas garde aux horaires des marées : elle recouvre alors les grandes flaques profondes où il ne faut pas s'attarder à pêcher les crevettes. Il entend raconter des histoires terribles de gens qui sont partis trop loin, là où le flux, quand il remonte, vient s'étaler jusqu'à battre le bas des falaises : s'ils ne se noient pas tout de suite, pris au piège des flaques devenues invisibles, ils se retrouvent acculés aux parois abruptes, sans issues, et ne peuvent qu'assister à leur propre mort en regardant le flot les entourer inexorablement. La nuit, surtout quand les plaintes de cette maudite *marisalope* le poursuivent dans son sommeil, il a des visions de cadavres dérivant sans fin dans l'eau verte.

Mais la nuit est loin. Pour l'heure, ce qu'il ressent quand il descend par l'échancrure qui mène à la plage, c'est une grande joie. Tout de suite, avant même de voir la foule qui peuple la vaste étendue de sable sec qu'ici la mer ne recouvre jamais tout à fait, il entend ses mille cris, comme ceux d'une immense cour de récréation. Au fond, c'est le seul moment, le seul endroit, où il plonge vraiment dans le monde extérieur, celui que la maison, les clôtures et les arbres du jardin, la famille l'empêchent de voir. Au pied du haut mur de soutènement s'alignent de drôles de guérites en toile, striées d'orange ou de bleu. Il aimerait bien que la famille en ait une, mais on lui a dit qu'elles étaient louées à l'année. Avec ses cousins et les grands qui les accompagnent, il se faufile entre les groupes assis par terre sur des serviettes. Il y a des hommes et des femmes en costume de bain montant très haut, et d'autres simplement pieds nus, les femmes avec des bonnets ou des grands chapeaux de paille, les hommes sans chemise, en maillot de corps largement échancré sur le devant, qui laisse voir les poils du torse. Des enfants jouent à la balle ou font voler des cerfs-volants. Sa mère dit qu'elle lui en achètera un, mais il y a toujours quelque chose qui lui fait reporter l'achat. Son frère lui a promis de lui en fabriquer un, avec une longue queue multicolore, mais lui aussi il tarde.

Quand ils ont trouvé un espace libre, il se met en costume de bain, noir, avec des bretelles qui se croisent dans le dos. Il n'est pas très commode parce que le sable vient se nicher partout entre le tissu et la peau. Les enfants ont le droit de courir jusqu'aux premières vagues : il faut sauter très haut pour maintenir la tête hors de l'eau. Dans la mer, il éprouve un étrange sentiment de plénitude, comme si son corps retrouvait enfin son élément naturel, il n'est plus maladroit, tout est harmonieux et léger. Qu'importe qu'on lui dise qu'il nage comme les grenouilles. Ou comme un petit chien. Il voudrait s'avancer plus loin, mais ça lui est défendu. Ou aller, comme son frère, jusqu'au fort en ruine que l'on voit un peu au large et auquel on peut accéder à marée basse par une chaussée de rochers couverts d'algues vertes, chevelues et visqueuses. Mais ça aussi, c'est interdit. Ce fort le fait rêver, car, de loin, il ressemble à la grotte tapissée de végétation marine de la vieille fée Crustadèle que Zéphyr, le petit singe de Babar, va consulter en compagnie de son amie Éléonore, la petite sirène, en voguant sur un char traîné par de gros poissons rouges : c'est pour sauver la princesse Isabelle enlevée par Polomoche, l'affreux monstre qui laisse derrière lui – ça, il le sait par cœur – « une forte odeur de pomme pourrie» et change en pierres ceux qui ne le font pas rire.

Sa vie durant, la mer, il l'aimera d'amour. Il naviguera, grand largue ou près serré : îles de l'Atlantique, Sardaigne, mer des Caraïbes, escorté par les dauphins, ou baie de Fundy et golfe du Saint-Laurent, à la rencontre des baleines.

À son seau et sa pelle en fer-blanc, il préfère son filet à crevettes, qu'il pousse devant lui en raclant le fond des flaques à marée basse. Quand, arrivé au bout, il ressort le haveneau et inspecte les mailles ruisselantes, il n'y trouve pas beaucoup de crevettes, quelquefois un petit crabe translucide ou une sole minuscule. Bien entendu, ses cousins en pêchent plus que lui. Ils les mangeront au repas du soir, ils recompteront jalousement la part de chacun pour être sûrs qu'elle correspond bien au nombre exact de leurs prises, et tout se terminera par d'âpres disputes.

Ce qu'il préfère par-dessus tout, c'est s'écarter pour aller rôder autour des groupes qui les entourent. Il est fasciné par leur gaieté bruyante, leur manière de manger tout le temps un tas de bonnes choses étalées sur des serviettes à carreaux, sans cesser de parler la bouche pleine et de boire à même la canette en verre brun dont ils font sauter la capsule blanche. Ils ont l'air tellement heureux. Les femmes l'arrêtent, elles lui disent qu'il a de jolis yeux, l'invitent à venir s'asseoir, elles lui demandent son âge, ce que fait son père, elles rient fort, il ne sait pas si elles se moquent de lui, mais c'est quand même très excitant. Sa mère le rappelle et le gronde, on ne parle pas avec des inconnus, et encore moins avec ces gens-là. Il est attiré aussi par les petites filles qui jouent à la marchande derrière un étal de jolies boules de sable qu'elles ont sculptées et recouvertes de poudres de couleur. Pour en acheter, il faut posséder des petits carrés de papier qui ont servi à envelopper les bonbons, comme ceux de la marque Pierrot Gourmand, mais il n'en a pas. Il en cherche dans le sable, il en trouve, mais tout froissés, poisseux, du sable collé dessus. Les filles le repoussent avec mépris. Lui-même ne peut pas fabriquer de ces boules, il ne sait pas où l'on se procure ces poudres magiques. D'ailleurs, sa mère dit que c'est un jeu ridicule. Décidément, il n'a pas de chance avec les petites filles.

Un jour, il y a eu un grand concours de châteaux de sable organisé par l'*Écho du Nord*. Son frère y a participé, on avait tendu des ficelles tout autour, mais les gens se bousculaient tellement qu'il n'a pas pu voir le château de son frère. Il paraît qu'il était superbe, avec donjon, poterne, remparts portant créneaux et mâchicoulis. Naturellement, il a eu le premier prix, et sa photo dans le journal.

*

Dans la famille, on n'apprécie pas qu'il y ait tant de monde sur la plage. Il y en a même, oncles, tantes et consorts, que ça met en colère, et c'est probablement la raison des grands éclats de voix qui parviennent jusqu'à lui quand ils sont à table. Ils disent que rien n'est plus comme c'était et comme ça devrait être, qu'on n'est plus chez soi, que *ces gens-là* se croient tout permis, qu'ils ont tout envahi de leur grouillement, qu'ils souillent tout avec leurs monceaux de papiers gras. La plage était si belle, si tranquille, avant. Avant quoi ?

Il ne sait pas. Il ne sait rien. Pour lui, la vie, la vraie vie, n'a pas davantage traversé ici la clôture du jardin qu'à Paris les murs de l'immeuble familial. Au-delà du jardin, il n'y a pour lui qu'un univers confus, mais sans plus de heurts que ceux qui agitent les repas des grands. Il n'en connaît que les images familières et forcément éparses : la plage, le port, la villa aux nains, le tramway, la grande rue du bourg et l'église, le cimetière où se dresse le tombeau familial, surmonté d'une énorme pleureuse en bronze qui, là encore, affirme calmement la grandeur inattaquable d'une dynastie bourgeoise, le bassin des transatlantiques qu'il n'a vu qu'une fois. Seuls les gémissements de la grosse drague semblent suggérer qu'il existe peut-être ailleurs d'obscurs dangers. Il entend souvent prononcer des noms de lieux qu'il ne connaît pas mais qui le font rêver : la ferme de la Tour du Renard, Pont-de-Briques, la Vallée Heureuse, qui évoque le ruissellement des sources entre les joncs et le vol des papillons d'un paradis caché. Les grandes grèves de 1936, les conquêtes ouvrières, l'obtention toute neuve des congés payés, la découverte émerveillée de la mer par ceux qui n'avaient jamais eu le droit de la voir autrement qu'en carte postale, tout cela lui est étranger. Aussi inconnu que l'existence des quartiers ouvriers du bourg où sa grand-mère ne l'a jamais conduit. Aussi inconnu que la grande colère des nantis dont tout l'univers a basculé. Pourquoi, doivent penser les grandes personnes, perturber les enfants avec de telles choses, que de toute manière ils ne peuvent pas comprendre ?

Il n'a rien su quand, en juin 1936, les marins et les ouvriers du port se sont mis en grève pour obtenir que soient tenues les promesses du Front populaire récemment élu, et que des tonnes de poisson sont restées des jours durant à se décomposer au soleil, répandant une puanteur insupportable, avant que n'interviennent la troupe et les gardes mobiles pour les charger sur des barges. Ni quand les ouvriers du bourg même où se trouve le havre de paix de la maison familiale sont descendus manifester sur les quais. Ni quand les tramways ont cessé de circuler, et que la grève générale a été votée dans le quartier du port, grève qui s'est étendue à toutes les entreprises de la région, aciéries, usines métallurgiques, carrières, chantiers maritimes, et qu'ont rejointe les cheminots. Ni quand, au début de juillet – pour lui, les vacances commençaient juste, et elles n'étaient pas différentes des précédentes –, les chômeurs exaspérés ont occupé la mairie du port. Il ne sait pas que les dernières grèves n'ont fini qu'en octobre 1936, quand l'accord sur les 40 heures a enfin pu être concrétisé. Il ne sait pas que cela s'est passé de la même manière dans tout le Nord industriel, dans toute la France, et que ces gens qu'il voit sur la plage ont chèrement payé le droit de tremper leurs pieds dans l'eau, de pique-niquer sur le sable, de rire, de boire de la bière à pleines canettes et de chanter. Plus chèrement payé, assurément, que tous ces hommes de sa famille qui protestent si fort. Il ne sait pas que les petites filles qui font de si jolies boules ont tout de suite senti qu'elles n'avaient rien à voir, rien à faire, avec un enfant empoté comme lui. Qu'il n'est pas de leur monde, un monde dur dont il ignore jusqu'à l'existence. Et que, désormais, les parents des petites filles comptent bien que la plage leur appartiendra de droit, et pour toujours.

Pas plus qu'il ne sait qu'en 1938, dans les usines du bourg, aciéries et fabriques des produits céramiques, la répression des patrons qui s'est abattue sur les travailleurs a provoqué une nouvelle grève très dure afin d'obtenir la réintégration des ouvriers licenciés, et que c'est la solidarité de toute la population, sous l'impulsion du maire, qui a permis aux grévistes de tenir bon et aux chômeurs de survivre.

C'est d'un seul coup, brutal, qu'au premier jour de septembre 1939, tout a basculé. Cette fois, il fallait bien qu'ils le lui disent : on allait avoir la guerre. Il a dû quitter plus tôt que d'habitude la maison des grands-parents. Il ignorait qu'il ne reviendrait que des années plus tard. Il ignorait que le temps des vacances insouciantes était à jamais terminé. Et pour un enfant qui avait peur de la mort, il ignorait que la mort deviendrait, au cours de ces années-là et pour toujours, une vieille et trop familière compagne.

2.

Ce matin, 31 janvier 2008, le bulletin météo de France-Info annonce un fort coup de vent sur le Pas-de-Calais, avec des rafales à cent vingt kilomètres-heure au cap Gris-Nez. Aussitôt lui revient l'image d'un autre matin : l'immense ciel limpide au-dessus de sa tête et de la mer, les falaises d'Angleterre présentes et claires comme jamais, les déferlements de la houle au pied du cap, là où s'arrête la plaine rase, et le tournoiement des oiseaux marins dont certains viennent le frôler en lançant un cri guttural. Leur agressivité semble indiquer qu'on est à la fin du printemps, période de la nidification. Mais de quelle année ?

Le vent l'assourdit, il lutte pour avancer le plus près possible du bord de l'à-pic, il écarte les bras dans un geste de défi pour mieux ressentir cette impression grisante que peu de chose suffirait pour qu'il s'envole. L'enfant est loin dans le passé. Il mesure maintenant un mètre quatre-vingts, il n'est pas encore un adulte, mais il ne grandira plus. Encore une fois, il est là avec ses deux cousins, décidément ils sont toujours soudés, pour le meilleur et pour le pire, comme on dit. Il pense que c'est plus souvent le pire que le meilleur, mais rien à faire, il y a toujours, à chaque vacances, un moment où ils se retrouvent ensemble. Ses cousins ne l'appellent plus Simplet, encore un peu Gribouille, et ils le traitent souvent de grand échalas. Ils ont couché leurs vélos sur l'herbe rare. Celui de ses cousins qui deviendra aviateur affirme doctement, en criant très fort, que le vent dépasse les cent kilomètres-heure.

*

C'est étrange qu'il ne puisse situer l'année : 1947, 1948 ? Il croit se souvenir que c'était à l'époque de son bac, mais lequel ? La première ou la seconde partie ? Ça se complique encore du fait que, mauvais élève, il a dû redoubler. Plusieurs fois recalé à l'oral, son bégaiement qui ne s'était pas arrangé n'y était peut-être pas pour rien, parce que c'était aussi une sorte de bégaiement intérieur : quand il était ému, trop de choses se mettaient à défiler à toute vitesse dans sa tête, elles s'embrouillaient, et il ne réussissait pas à les sortir dans l'ordre. Ou alors, simplement, il ne savait pas répondre, parce qu'il n'avait pas suivi les cours comme il fallait, mauvais élève, toujours distrait : le feuillage d'un arbre qui frissonnait derrière la fenêtre de la classe, un nuage qui passait au-dessus des toits suffisaient à lui faire perdre le fil pendant que parlait le professeur. Cela lui arrive encore souvent, en d'autres lieux et en d'autres temps.

Les années de guerre ont fait de lui un garçon tantôt trop taciturne, tantôt trop volubile. Ce n'est pas sans raison que ses cousins lui ont donné aussi le surnom de Fébril Fébrilovitch. Fébrile, oui, il l'est. Il s'en rend compte aujourd'hui, l'engagement dans la résistance de son frère et de ses parents, bien qu'ils aient, chacun, essayé de le tenir à l'écart, avait été lourd à porter pour un garçon de son âge : il y a quand même des choses que l'on comprend à demi-mot, et, même si cela peut prendre parfois l'aspect d'un grand jeu, il y a aussi des moments où l'inquiétude, l'angoisse deviennent perceptibles sans que ce soit nécessaire de rien préciser. Il était distrait, d'accord, mais pas au point d'ignorer ce qui se passait, y compris au plus fort des silences. À la fin surtout, certains secrets n'en étaient plus : il n'a pas eu besoin de demander à son frère à quoi lui servait le gros pistolet noir qu'il mettait sous son oreiller. Quant au bloc de pâte verte à l'odeur d'amande amère qu'il a trouvé dans leur armoire commune en y cherchant le vieux Meccano, c'est son frère lui-même qui lui a dit ce que c'était : non, pas de la pâte à modeler, mais un pain de plastic, un explosif très puissant. Il lui a même doctement expliqué la différence entre les explosifs brisants et les explosifs soufflants. La grande supériorité des premiers, comme le plastic, étant qu'il suffit de les coller sur ce qu'on veut faire sauter : si l'on se contentait de faire de même avec les seconds, comme la bonne vieille dynamite, l'explosion se répandrait dans tous les sens, sauf le bon. Bref, a-t-il conclu avec une satisfaction ironique, on n'arrête pas le progrès, et s'il n'y avait pas les guerres, on en serait encore à l'âge de pierre. Il n'a pas tout compris, mais, plus tard, il repensera à cette leçon de choses. Parce que, c'est vrai, à tort ou à raison, son frère n'a jamais essayé de lui mentir quand il posait des questions. Il se dit aujourd'hui que c'était à raison, car il n'a jamais trahi sa confiance, même quand les hommes de la Gestapo l'ont interrogé. Mais enfin, il doit bien le reconnaître : oui, c'était lourd à porter pour un garçon de son âge.

Après, quand tout a été terminé, quand le point final a été mis à des mois d'attente, il a connu beaucoup de pensions. Il ne leur laissait pas le temps de le mettre à la porte, c'était lui qui la prenait. En auto-stop ou en train sans billet, à pied, il revenait, penaud, pour un temps, dans une de ces familles particulières de cette famille décidément immense qu'il n'aimait pas et qui, il le savait, ne l'aimait pas. On se le repassait comme un objet encombrant. On lui reprochait d'être égoïste, insensible, la preuve en était qu'il ne parlait jamais de la mort de ses parents et de son frère. Les plus indulgents disaient : « À cet âge-là, on ne se rend pas compte, la vie continue. » Mais est-ce que, pour eux, la vie ne continuait pas ? En tout cas, il avait appris une chose : l'enfant, ce n'était pas lui. Lui, il savait désormais des choses qu'eux ne sauraient jamais, des choses qu'il avait vécues et qu'ils ne soupçonnaient même pas, même s'il resterait probablement toujours incapable de les leur dire.

À force, il a su conquérir sa liberté. Après tout, on reconnaissait aussi qu'il n'était pas un méchant garçon :

« Il a quand même un bon fond. » Il a passé des jours heureux à travailler dans des fermes : les grandes tablées de midi avec les commis, le cidre ou la piquette à portée de main, le patron en bout de table, la patronne debout au fourneau préparant d'énormes platées, la fatigue bienvenue du soir avant de s'endormir comme une masse pour se réveiller au lever du soleil et repartir aux champs. En Alsace, au printemps, il a ramassé entre les vignes les pierres que les pluies d'hiver faisaient remonter à la surface. En Beauce, plus tard en saison, il a butté les pommes de terre dans des champs à perte de vue, puis, derrière la moissonneuse-lieuse, chargé les gerbes de blé dans les charrettes. Il a été accepté sur un bateau de pêche, et, là aussi, les hommes le traitaient avec une gentillesse rude qui lui manquait ailleurs. Il a connu la fraternité des auberges de jeunesse, où l'on parlait et chantait dans toutes les langues de l'Europe. Finalement, quand il y repense aujourd'hui, il se dit qu'il a eu vraiment une jeunesse intéressante. Belle, même. Ce n'est peut-être pas le cas de beaucoup de ces éphémères camarades de classe qui regagnaient chaque fin d'après-midi leur quiétude familiale et à qui il avait souvent l'impression de n'avoir rien à dire. À qui il n'aurait toujours rien à dire, s'il lui arrivait de les rencontrer aujourd'hui, au bout de leurs carrières plus ou moins réussies – en fait, il en rencontre parfois qui lui rappellent leurs années communes, mais lui ne se souvient presque jamais d'eux. En quelque sorte, et tout compte fait, il a eu de la chance. Et puis la mort ne l'inquiétait plus. Le trou noir, il l'avait vu de suffisamment près. S'il est vrai que la mort a un regard, elle avait pour lui, définitivement, le regard de son frère, et c'était un regard d'une infinie tendresse.

*

Non seulement il ne peut dater son retour avec précision, mais il a fait tant de séjours au bourg, la guerre terminée, qu'il ne peut non plus se souvenir de la manière dont il est revenu cette première fois. Était-ce par le train, ou bien à l'occasion du grand tour à bicyclette qu'il a fait avec des camarades en passant par les Ardennes, les grandes cités belges, Anvers, les longues plages d'Ostende à Dunkerque, roulant, ivre d'air salé, sur le sable mouillé entre les flaques à marée basse ou à la lisière où viennent mourir les vagues lorsque la mer est haute, et dormant sous sa tente dans les dunes ou à l'abri des blockhaus abandonnés ? Ce qui demeure en revanche inscrit dans sa mémoire, images d'une terrifiante netteté, c'est sa découverte du port ravagé. Du quartier qui, partant des quais, montait dans un lacis de maisons serrées jusqu'au Calvaire des marins, il ne reste qu'une vaste étendue rase, où se lit seulement le tracé des rues. Pas un mur debout : ce n'est même pas comme à Pompéi, qu'il connaît par les photographies des albums que lui faisait feuilleter son grand-père. Tout a été déblayé au plus près du sol, mais il n'y a guère de signes de reconstruction : il faudra encore attendre longtemps, jusqu'en 1950, pour que, le plan d'urbanisme enfin arrêté et accepté, commencent à se dresser de hauts immeubles espacés et uniformes, et encore plusieurs années pour que se reconstitue un véritable tissu urbain qui puisse redonner à tout cela le nom de ville. Seuls subsistent les pavés des chaussées et les trottoirs sur lesquels on peut toujours vaguement déchiffrer, inscrits sur les dalles ou dans le bitume, le nom des banques et des maisons d'armement maritime qui affirmaient leur solidité bourgeoise séculaire et indestructible, fier défi au passage des ans. Dans le bassin flottent à demi immergées quelques carcasses de coques rouillées, mais le quai du port de commerce a été reconstruit de façon à permettre l'accostage du ferry d'Angleterre et des bateaux de pêche.

Bordant la côte si dure à monter à vélo, la double rangée de maisons basses a été épargnée, de même que quelques rues du centre du bourg, et l'église. Mais au-delà de celle-ci, sur le plateau de la villa aux nains et du tramway qui se sont volatilisés sous les bombes, c'est, à perte de vue, des alignements de logements que l'on affirme provisoires mais qui dureront très longtemps. De minuscules maisons préfabriquées, cubes aux toits plats et aux murs évoquant le carton-pâte, venues d'Amérique sur les *Liberty ships*, censées imiter, sans y parvenir, de coquets pavillons. Ou de longues files de ces baraquements que l'on appelle les demi-lunes, à cause de leurs toits noirs dont l'arrondi, dans lequel s'ouvrent portes et fenêtres, part presque du sol.

Pourtant la maison familiale est toujours debout. De loin – de très loin –, on a du mal à deviner que, ébranlée par les bombes et le toit littéralement soufflé, cela n'est dû qu'au rafistolage obstiné des grands-parents. Ils ont fait colmater les fissures, réparer les fenêtres, rétablir le toit en grandes plaques claires de fibrociment. De la serre ne reste qu'une armature de fers tordus. Un par un, les grands arbres meurent, criblés d'éclats. Les jours de grand vent, les murs et la charpente tremblent, craquent et grincent, la maison tout entière gémit, comme un navire au bord du naufrage.

*

Le 19 mai 1940, dans la ville submergée par l'afflux des réfugiés qui fuyaient l'offensive allemande, les bateaux dans le port ont été attaqués par les hydravions. Après un pilonnage par l'artillerie et de violents combats contre les blindés, les troupes alliées, très inférieures en nombre, se sont rendues, non sans avoir coulé les navires de gros tonnage en état de prendre la mer. À l'armistice, la région a été déclarée « zone interdite » et rattachée au commandement allemand de Bruxelles. Les habitants ne pouvaient plus circuler que dûment munis d'un *Ausweis* délivré par la Kommandantur. Avant de recevoir la visite de Hitler, venu contempler du plus près possible les falaises de l'ennemi, les occupants ont dynamité le monument « Britannia » qui symbolisait les liens d'amitié unissant la population à celle de la côte opposée. La pêche a d'abord été limitée aux bateaux à voiles et rames, le jour seulement et dans une limite de trois milles des côtes. Puis les chalutiers ont repris peu à peu du service, sur une mer minée, mais dans des conditions si précaires que plusieurs ont fait naufrage, comme le *Seigneur, conduisez-nous* en 1943, devant Wimereux. Cette année-là, ils ont arrêté définitivement de sortir et, pour qu'ils ne soient pas utilisés par l'occupant, les armateurs ont sabordé ceux qui n'avaient pas gagné d'autres ports, comme La Rochelle. Le premier grand bombardement aérien a eu lieu en août 1941, touchant la haute ville. À dater de là, et jusqu'à la Libération, l'ensemble de l'agglomération a été bombardé quatre cents fois. À lui seul, le pilonnage d'août 1943 qui a ravagé le bourg, la station balnéaire voisine où les familles passaient, quatre ans plus tôt, des vacances heureuses sur la grande plage désormais hérissée de défenses antichars et de barbelés, et le village de pêcheurs, a fait quelque cinq cents morts civils. Affamée, réduite à la misère, la population a dû quitter progressivement la ville et ses environs, expédiée de force aux quatre coins de la France. Après l'anéantissement des usines, les hommes en âge de travailler ont été employés à l'édification des blockhaus ou réquisitionnés, sans aucune possibilité d'y échapper, pour le STO, le service du travail obligatoire en Allemagne. Mille otages ont été arrêtés pour être répartis le long des voies ferrées et garantir ainsi de leur vie les actes de sabotage. En 1944, les fusées V1, dont les rampes de lancement étaient proches et qui filaient écraser Londres, ont commencé à sillonner le ciel. En août, la ville ne comptait plus que six mille habitants qui, à chaque bombardement, se réfugiaient dans les caves et le tunnel des Tintelleries.

En septembre, d'évacuation en évacuation, il n'en restait qu'un millier. Les troupes canadiennes ont fait pleuvoir sur la ville un enfer de près de deux cent mille obus, auxquels se sont ajoutées les bombes des chasseurs-bombardiers alliés. Les soldats allemands ont pillé les maisons encore debout, et, avant sa reddition, le commandant de la place a procédé à la destruction systématique de ce qui demeurait des installations portuaires. C'est une ville fantôme qui a été libérée : une centaine d'épaves flottaient dans le bassin, et le chenal était miné. Pourtant, dès octobre, le premier navire faisait son entrée pour s'amarrer le long de ce qui avait pu être dégagé des quais et, en novembre 1944, on déchargeait de nouveau du hareng. Avec le retour des habitants, la vie a repris. Trois mille familles privées de logement se contentaient de caves, pendant que l'on installait les demi-lunes.

*

Des années qui ont suivi son retour, il garde un souvenir doux-amer. La demeure ne bruisse plus des cent conversations d'autrefois, elle est étrangement calme, il n'y a plus guère d'invités, la présence de tous ces gens de la grande famille qui parlaient si fort et s'agitaient tant s'est faite rare, il ne vient plus d'Anglais, d'ailleurs Mamsey doit être morte. La cause de cet abandon est peut-être que les grands-parents se sont enfermés dans leur tristesse, peut-être aussi, plus prosaïquement, qu'ils n'ont plus les moyens de recevoir.

Son grand-père n'exerce plus la médecine. La perte de sa fille l'a miné, et le minera à tout jamais. Celle de son gendre aussi, avec qui il avait tant de discussions en aparté, trop sérieuses peut-être pour tous les autres, et plus encore, probablement, celle de son petit-fils préféré, celui à qui il avait eu le temps d'enseigner tout ce qu'il pouvait; à qui il faisait partager une insatiable curiosité pour la nature, pour les hommes et les choses, fleurs, animaux, pierres, orages et courants marins, constellations célestes, alchimie complexe des phénomènes les plus simples, découverte du monde jamais en repos, avec toujours cette sorte d'étonnement émerveillé dans laquelle on sentait pointer une forme de profonde gratitude pour un Créateur en lequel, du fond de son malheur, il continue de croire avec la foi du charbonnier, égrenant son chapelet d'un air absent le dimanche à l'église, pendant que les petites filles du catéchisme ricanent en se poussant du coude pour le désigner. Qu'attend-il de ce Dieu prétendument sauveur? se demande le garçon qui, lui, a depuis longtemps relégué ce douteux personnage au rang d'une hypothèse sans intérêt puisque sans réponse. Mais le grand-père attend-il encore quelque chose? Il ne parle plus guère à ses petits-enfants, à part de rares mots d'une gentillesse distraite. Il erre dans le jardin, ombre de lui-même à la recherche d'autres ombres. Le garçon sait que le temps est bien fini des chasses aux papillons, des plantations exotiques, des découvertes et des explications où, sous l'infinie patience, se cachait la passion. Le colosse s'est tassé et ses mains tremblent. Il a gardé quelque chose de cette stature qui le faisait ressembler, aux yeux de l'enfant, à l'un de ces dieux de l'Antiquité figurant dans son livre d'histoire, un Neptune ou un Zeus débonnaire, régnant sur sa famille comme ceux-ci régnaient sur les humains, dominant son jardin comme ils dominaient la terre. C'est maintenant un dieu déchu. Parfois, pourtant, il lui arrive encore de chantonner comme jadis les airs qui faisaient rire, « je suis le bouillant Achille » ou « poussez, poussez l'escarpolette », mais son regard reste perdu au loin : si loin que, même ainsi, ce sont des moments d'une tristesse à pleurer. Finies les improvisations endiablées au piano – et d'ailleurs il n'y a plus de piano. Pensant éveiller chez lui un peu d'intérêt, le garçon s'attelle régulièrement à l'éradication des berces du Caucase, dont il faut désormais attaquer à grands coups de serpe les tiges devenues de vrais troncs. Il a même planté, comme pour une invocation aux temps heureux, une nouvelle osmonde dans le fond du ravin qu'il a dégagé de ses ronces. Mais elle n'a pas plus produit de pousses que la précédente.

Le seul coin du jardin qui a conservé son aspect d'autrefois est le grand potager. L'homme au pilon est revenu, avec sa famille évacuée pendant la guerre, habiter la longue maison de briques de l'autre côté de la cour. Il est toujours aussi taciturne.

Sa grand-mère houspille son mari. Qu'il prenne donc sur lui, voyons ! *Cheer up ! Don't let go !* C'est la seule voix qui retentit encore dans la maison, comme si elle voulait conjurer la solitude. Elle n'est jamais en repos.

Puisqu'elle n'a plus la domesticité de l'avant-guerre, on la voit passer la wassingue sur le carrelage et fourrager dans le fourneau rescapé de la cuisine. Elle s'obstine à remeubler la demeure dévastée. Plusieurs fois par semaine, elle descend au port par le car. Elle fréquente assidûment la salle des ventes, dans une petite rue de la basse ville préservée de la destruction. Elle achète des fauteuils défoncés et des tables branlantes, des assiettes et des plats ébréchés, des couverts en Christofle dépareillés, des bibelots à l'usage improbable, des tableaux ternis aux cadres d'or écaillés qui remplaceront les portraits des ancêtres lacérés, brûlés ou partis orner les intérieurs bavarois. Après tout, ces visages satisfaits de prospères bourgeois du siècle passé, mains passées dans les entournures de leur gilet, chaîne d'or au gousset, et ces silhouettes de dames aux joues roses et aux robes fleuries, gardent toujours, quels qu'ils soient, un air de famille. Elle entraîne ses petits-fils dans une gargote se gaver de moules et de frites : elle semble y retrouver le goût délicieux de sa propre enfance, quand ses parents l'emmenaient s'encanailler avec le petit peuple du port. Il ne se fait pas prier pour l'imiter, parce qu'il a beaucoup à rattraper : les frites, durant toute la guerre, ont fait partie de cette panoplie de merveilles dont son frère lui chantait l'existence révolue et dont il était trop petit pour se souvenir. Même si on murmure qu'elles sont faites avec de la graisse de tanks américains. Sa grand-mère achète du poisson au marché et, le soir, la maison s'emplit d'odeurs de colin ou de haddock bouilli qui imprègnent les vêtements, les lits, les murs.

Les jours de pluie et de froid, l'humidité est plus forte que jamais. Les poêles aux noms étranges, salamandres, myrrhus, trouvés eux aussi à la salle des ventes, tirent mal, le charbon est de mauvaise qualité, boulets ou poussier, et, selon les caprices des vents, la fumée envahit les pièces.

Mais il y a les journées de grand soleil, de ciel lavé de tout nuage, et toujours, au bout du petit bois, la vue sur les falaises lointaines. Il retourne à pied jusqu'au calvaire, sur la route du village des pêcheurs dont il sait qu'il ne reste rien, écrasé sous le tapis de bombes. Les prés et les champs et leurs ondulations sont là, inchangés. Tout près de la croix, dont les couleurs ont disparu sous la rouille, se dresse comme un énorme épouvantail le squelette d'un canon antiaérien dont on devine qu'il fut peint en jaune, tendant vers le ciel, presque à la verticale, un long bras qui semble continuer à guetter les vagues de bombardiers. Le canon pivote lourdement sur son socle, et le garçon s'installe sur l'une des deux sellettes en fer, derrière la culasse. Au début de l'été, abritant ses yeux de ses doigts légèrement écartés, il suit le vol de l'alouette qui monte vers le soleil, point noir dans le bleu intense, diminuant jusqu'à devenir imperceptible, tandis que son chant strident et ininterrompu, de plus en plus ténu, se perd dans l'espace. Il lui arrive aussi de penser à ceux qui ont été assis là, à cette même place, la peur au ventre. Il les voit transpirant sous l'effort, ou suant d'angoisse dans leur épais uniforme et sous le casque lourd qui poisse les cheveux. Il entend les ordres qu'ils doivent hurler parce qu'ils ont les tympans presque crevés par le fracas des détonations, il perçoit leurs exclamations, leurs jurons. Il imagine les moments de repos, l'attente des avions de mort, que vient égayer, pourquoi pas, le son d'un harmonica, ou la rengaine qu'ont chantée dans toutes les langues tous les soldats du monde : *Vor der Kaserne, Vor der grossen Tor, Stand eine Lanterne, Und steht sie noch davor…* Lili Marlene. Je suis sûr qu'à cet instant-là il revoit cet homme gisant sans vie dans la boue, bras écartés, yeux ouverts vitreux, à qui, gosse encore mais guère moins âgé que lui, d'à peine quatre ou cinq ans, il a arraché en riant son casque orné de l'aigle conquérant parce qu'il voulait emporter un trophée de guerre. Un rire qui retentira en lui au long des ans et qui, aujourd'hui que la haine s'est éteinte – ou du moins s'en veut-il convaincu –, ne lui inspire plus qu'une honte vague mais tenace. Et, l'imagination ne connaissant jamais de repos quand elle a décidé de faire mal, lui vient la vision, fugace, d'un autre garçon qui a peut-être, lui aussi, arraché son casque au cadavre de son frère, un même jour de soleil de 1944, quelque part dans l'Est de la France. Et lui a, comme il l'a fait, lancé un coup de pied rageur et impuissant.

*

La plage, sous son bourg détruit, a retrouvé son animation d'autrefois. L'été, la foule des baigneurs est revenue, plus dense que jamais. Il suit les jeux des enfants qui ont les mêmes seaux, les mêmes pelles et les mêmes cerfs-volants, font les mêmes châteaux de sable, sillonnent les flaques avec les mêmes havenets, poussent les mêmes cris de joie quand ils trouvent crevettes et petites soles dans les mailles : il a été cet enfant-là, et cela lui semble très loin, presque irréel. Maintenant, il nage au large, il surveille l'heure des marées et explore le fort dont les ruines se dressent toujours à quelques encablures. Il voit de nouveau la cheminée du bateau d'Angleterre passer régulièrement au-dessus de la digue reconstruite.

Il part seul sur sa bicyclette, et plus tard sur sa moto, pour des randonnées qui, au fil des séjours, se font de plus en plus lointaines. Il descend jusqu'aux bois et aux étangs d'Hardelot, découvre les remparts rouges de Montreuil, le port tranquille d'Étaples. Il pousse à l'intérieur des terres jusqu'à Saint-Omer, où seule la cathédrale se dresse encore au milieu des ruines. Il aime rouler sur les grandes routes presque désertes, suivre la succession rectiligne des côtes et des descentes, porté comme s'il avait des ailes par le vent d'ouest à l'aller, pédalant contre au retour, debout, tétanisé. Il prend le train de Desvres avec les ouvriers, il parle avec eux et il apprend à connaître ce qu'est leur vie, dont, enfant, il n'avait pas idée. La dureté des trois-huit, le mépris des patrons redevenus aussi arrogants qu'avant, et souvent aussi l'attachement, la fierté même, qu'il a du mal à admettre, d'appartenir au monde solidaire de l'usine : à tel point qu'il a l'impression, parfois, que c'est en fait l'usine qui leur appartient. Il se sait différent d'eux, il sait que ce monde lui sera toujours extérieur, mais au moins apprend-il à le comprendre et à le respecter. Eux lui parlent, non certes comme s'il était des leurs, mais sans distance, presque affectueusement, comme à un garçon qui, peut-être, pourrait être leur fils. Un fils dont ils rêvent qu'il pourrait faire les mêmes études que lui. Et des études, il s'en rend compte avec gêne, qu'il a beaucoup de chance et l'injuste privilège de pouvoir traiter avec tant de désinvolture. Par bribes, mais qu'il peut patiemment recoller, il reconstitue ce qu'ont été pour ces hommes les années de guerre, la faim au ventre, les réquisitions, les évacuations et la séparation des familles, les foyers détruits, les déportations du travail en Allemagne, et, pour certains, ex-prisonniers de guerre, les années de captivité. Pour d'autres, la résistance, les sabotages, toutes les ruses avec l'occupant, la haine des collabos, souvent synonymes de patrons.

Depuis la fin de la guerre, il a suivi les grandes grèves qui ont déferlé en 1947 sur toute la France, la colère des travailleurs dans un pays où tant de nouvelles richesses s'étalent, alors qu'on leur a demandé tant d'efforts pour le reconstruire. À Clermont-Ferrand, à Alès, dans les bassins miniers du Nord et de Lorraine, l'armée est intervenue. Ici, où les usines tournent à plein régime, cela s'est passé, c'est vrai, moins sauvagement mais quand même. Au comptoir des cafés devant la tasse de bistouille du matin, dans la douce chaleur d'une cuisine devant le bol de chicorée posé sur la toile cirée, à la bibliothèque municipale où il va chercher quelques livres, il en rencontre qui lui confient sans réticences dans de longues discussions qui sont parfois des monologues – car c'est là qu'il apprend à écouter, et cela lui sera bien utile, par la suite, lors de ses reportages dans d'autres contrées du monde – qu'ils rêvent d'un pays où les travailleurs sont au pouvoir, dirigent eux-mêmes leurs usines, pleinement respectés, et certains lui affirment que ce pays existe déjà, sous la conduite de Staline, qui, lui, sait ce qui convient au peuple, à tous les peuples de la terre. Finis les bénéfices que se partagent les seuls patrons, ce sera la juste répartition des moyens de production et des richesses entre les travailleurs. Ils comptent bien qu'un jour la France aussi saura en finir avec l'exploitation. Alors, on verra ce qu'on verra. Cette fois, oui, vraiment, leurs enfants feront tous des études et connaîtront une vie meilleure. Comme lui. Mais pour cela, il faudra beaucoup lutter, renforcer encore le Parti, ce « parti des cent mille fusillés » qui est le seul à incarner la vraie France, régler leur compte aux syndicats jaunes fondés avec l'argent des Américains. Il finit par en rêver aussi.

Il découvre alors que les mots magiques de son enfance ne désignaient pas des paradis, que la Vallée Heureuse, ce sont les carrières des ciments, que Pont-de-Briques, ce vallon où coule la Liane, est une grande concentration d'aciéries et de fabriques de céramiques où fument en permanence les hautes cheminées et retentit le bruit sourd des marteaux-pilons, que dans les docks pittoresques de l'arrière-port les doigts des femmes se crevassent et saignent, éviscérant et découpant le poisson à la chaîne dans un froid et un fracas d'enfer. Et que c'est sur tout cela, avec tout cela, qu'a été édifié au siècle dernier le tranquille bonheur de la maison familiale.

*

C'est en 1954 qu'il reviendra pour la dernière fois dans la maison des grands-parents. Il s'en souvient, c'est l'été finissant : il le sait, parce qu'il revoit la glycine qui a fini de fleurir, démasquant déjà les murs aux endroits où le lierre ne couvre pas la pierre décomposée par l'humidité, et les premières bogues vertes des marrons d'Inde tombés des quelques vieux arbres survivants, qui jonchent le gravier noir de la grande allée et risquent de le faire déraper. Il a fait à moto le trajet tant de fois parcouru, sans s'arrêter, fouetté par le vent de la course et chahuté par les pavés. Son grand-père va mourir. La demeure est silencieuse, seules y errent la grand-mère, dont la voix ne claironne plus, sa tante et une garde-malade. Ou peut-être d'autres personnes, mais il n'en est pas sûr, car il voit vaguement dans sa mémoire des formes qui se déplacent dans les couloirs, il les imagine vêtues déjà de noir, plus ombres encore que ne l'étaient pour lui celles qui peuplaient la maison quand il était petit.

Il y a un peu plus d'un an, il s'est marié. Ils ont vingt-deux ans tous les deux, et leurs projets sont bien arrêtés : pour eux, ils en sont sûrs, l'avenir sera une longue traversée de toutes les terres du monde, dont ils rapporteront les plus beaux reportages, ceux qu'ils portent déjà dans leur tête et qui ne demandent qu'à éclore. En attendant, ils sont pigistes dans des journaux, et, pour l'instant, leurs articles traitent surtout des chiens écrasés et des galeries d'art. Il faut un temps pour tout. Un temps aussi pour attendre la naissance de leur enfant, dans quelques mois. C'est pour cela que la femme qu'il aime, et dont il imagine que rien ne les séparera jamais, ne l'a pas accompagné.

Il reste seul avec la garde-malade, une grosse femme tout en noir. Les autres semblent avoir renoncé à supporter la vision d'un être cher réduit à cet état de déchéance finale. Il passe des heures auprès de son grand-père que l'on a installé sur un lit étroit dans une pièce du bas, rideaux tirés. Ce grand corps décharné le fascine. Il faut régulièrement le déplacer pour le changer, poser sur cette peau irritée des protections en cellulose achetées par grands rouleaux à la droguerie du bourg, qui l'irritent encore davantage, créant de nouvelles escarres au lieu de les soigner : au point que, bientôt, le corps risque de ne plus être qu'une unique plaie à vif. Ils ne sont pas trop de deux pour déplacer et laver cette misérable forme encore humaine dont la taille, les grands os qui saillent rappellent qu'elle fut celle du colosse de son enfance, celui qui le juchait d'un seul mouvement sur son épaule comme on soulève un léger paquet.

S'occuper ainsi de lui n'est pas rebutant, c'est seulement fatigant, et encore, plus nerveusement que physiquement, parce qu'à chaque mouvement un peu brusque la peur vient de lui faire mal. Le garçon a toujours présentes à l'esprit les photos des morts et des rescapés des camps de concentration, et il s'imagine qu'il fait là ce que personne n'a pu faire pour son père, dans ses derniers jours d'agonie, sur la paillasse de son block. La femme le rassure en lui affirmant que le grand-père est inconscient : il n'est pourtant pas paralysé, puisque, par brefs instants, il émet quelques faibles gémissements et porte la main à sa bouche comme s'il demandait à manger. C'est impossible de le nourrir. Le garçon se demande s'il est bien vrai qu'il ne souffre pas : ces faibles manifestations de vie, outre sa respiration courte, ne sont peut-être que des réflexes sans réelle signification. Il le souhaite en tout cas, de tout son cœur, mais comment en être sûr ? On ne lui donne aucun médicament, on attend seulement que la mort fasse son œuvre. Elle tarde à venir. Il a vu des gens mourir, mais c'était une mort brève, ou alors, quand elle tardait, le blessé poussait des hurlements insoutenables. Ici, c'est la mort banale, celle dont on dit que le malade s'éteint doucement. Doucement, vraiment ? Ce qui le terrifie, ce n'est pas la mort qui vient, c'est la vie qui refuse de partir, qui s'accroche comme une bête méchante toujours prête à mordre chaque parcelle du corps.

Quand tout est terminé, il faut une dernière fois laver le corps inerte, bander la mâchoire pour que la bouche ne reste pas à béer, simulant un ricanement déplacé, et pour que le visage prenne cet air paisible qui fait dire aux gens : « Il a l'air de dormir. » Il faut le manipuler en employant la force pour le revêtir décemment. La grand-mère, la tante et les ombres improbables viennent s'agenouiller pour prier. Il découvre alors tout un rituel étrange qu'il ne soupçonnait pas : les miroirs masqués, la pendule arrêtée, les conversations chuchotées.

Le jour de l'enterrement, la maison se remplit soudain, elle bourdonne comme une ruche. Toute la parentèle est là, qui s'agite, se congratule pour ces retrouvailles inopinées, et rivalise de phrases de consolation convenues à l'adresse de la grand-mère et de la tante qui ont couvert leur visage d'un voile de gaze noire. De la maison à l'église, derrière le corbillard, le trajet est court pour le cortège. L'église est pleine, nombreux sont ceux qui sont venus du bourg. À la sortie, une file interminable se forme pour les condoléances. Il serre la main d'inconnus qui passent devant lui en murmurant de vagues formules. On a ouvert la dalle du caveau. Jamais cette pleureuse monumentale qui surmonte et domine les autres tombes ne lui a paru aussi écrasante, comme si, même dans la mort, cette famille avait voulu jadis affirmer sa différence. Autour du curé en surplis qui balance son goupillon, toute la famille proche et lointaine s'est attroupée. Il regarde ces gens, dont certains sont censés former sa famille, et tente de mettre un nom sur les visages. Et, à ces noms, il ajoute, quand il en est capable – au besoin, il invente –, le peu qu'il sait d'eux. Celui-là, ce sont les raffineries de betteraves, ceux-là, ce sont les aciéries, ces trois-là, c'est l'armement maritime, voici les ciments, voici l'usine de céramique, voici les fabricants de crayons et de plumes en acier, voici la fabrique de briques et de tuiles, ça c'est la banque et les assurances, et ce vieux-là, ce doit être l'ancien président des Chemins de fer du Nord. Il n'aime pas leurs têtes, il leur trouve des airs de faux témoins, tous affichent une tristesse de circonstance devant le cercueil qui descend dans le caveau, cercueil d'un homme dont il se répète, pour se rassurer, pour se consoler, qu'il pouvait bien être des leurs mais ne leur ressemblait pas. Parce que son grand-père, lui, a vécu pour autre chose qu'eux tous, pour son hôpital, pour ses malades, sans jamais pratiquer de médecine privée, autant que pour les siens qu'il aimait de son grand amour timide. Et puis il a vécu aussi, et surtout, pour toutes ces formes de la vie, pour toutes ces choses de la terre qu'il aimait passionnément. Pour ses plantes, ses arbres, ses pierres, sans oublier ses papillons aux mille couleurs, qui vont maintenant finir de se dessécher dans leurs boîtes sans intéresser personne.

Quand il quitte la maison, laissant derrière lui un grand brouhaha, celui d'une foule de convives réunis pour un pique-nique champêtre, qui ne se privent plus de parler fort et de rire, autre rituel qui le déconcerte, il sait que c'est fini, qu'il ne reviendra plus.

*

Ou plutôt, il attendra cinquante ans pour revenir, parce que, au bout de toutes ces années, il a quand même voulu revoir le bourg de son enfance. Il ne reconnaît rien du port, de la ville, des rues, il a vu le lycée technique qui a été construit sur l'emplacement de la maison et qui porte le nom de son grand-père. Un nom qui ne doit plus rien dire à personne parmi les habitants du bourg, mais quelle importance ? Ce qui importe, ce ne sont pas des pierres et du ciment que le souffle des bombes avait de toute manière irrémédiablement condamnés, des toits d'ardoises qui n'étaient plus que d'un matériau provisoire, quelques arbres que les éclats d'obus avaient voués à la mort lente.

Ils se racontent des histoires, ceux qui se bercent de l'illusion que les maisons ont une âme à elles. Si les maisons en ont une, c'est seulement celle que forme l'ensemble des âmes de ceux qui les habitent, et c'est une image trop convenue de vouloir croire qu'elle survit à leur départ. Oui, on peut se raconter toutes les belles histoires qu'on veut, on peut faire parler les pierres, car les pierres parlent toujours, quitte à débiter à leurs questionneurs tout ce qu'ils ont envie d'entendre, sauf la vérité, leur vérité de pierres. Mais jamais elles ne pourront parler à des inconnus, des intrus sans mémoire, de la chaleur que leur communiquaient les vivants d'alors, de l'écho des voix au sein de leurs murs, des odeurs, odeurs de cuisine ou de fleurs, du vent qui faisait claquer les volets. L'âme des maisons, la vraie, survit dans le souvenir de ceux qui y ont vécu, et, après eux, dans le souvenir de ceux qui, pour en avoir connu et aimé les habitants, ont reçu ce souvenir en héritage. Les murs, eux aussi, sont imprégnés de ces souvenirs, mais jamais ils ne livreront ce secret, leur secret, à d'autres, à des gens qui, simplement parce qu'ils ont payé devant notaire, ont cette prétention insensée de croire qu'ils pourraient se l'approprier. La mémoire ne s'achète pas. Il n'aurait pas aimé retrouver une demeure cossue rénovée par des inconnus cossus. Il est bien plus essentiel que le lycée soit là et qu'il vive à son tour de tous ceux qui le fréquentent, une vie nouvelle et tournée vers leur futur, pour incertain qu'il soit.

Le bourg est devenu une vaste banlieue, avec ses cités, ses barres et ses tours. Ses habitants en ont relevé patiemment, courageusement les ruines. Il pense au maire de l'après-guerre, il se souvient de son nom, c'était M. Splingard, qui a été de toutes les luttes pour défendre les ouvriers, surtout quand ils soutenaient leurs dures grèves, et encore plus pour faire du nom du bourg un synonyme d'existence laborieuse et cependant (ou par là même ?) heureuse. Il se souvient que sa grand-mère avait avec lui des discussions amicales, et pourtant bien des choses auraient dû les séparer. Il pense aux maires qui l'ont suivi, des maires bâtisseurs de lieux de rencontre et de fraternité, qui voulaient encore embellir la vie des leurs. Aujourd'hui, les habitants ont d'autres soucis, et avant tout le chômage, parce que cette banlieue, peut-on désormais la qualifier d'ouvrière ? Il n'y a plus guère d'usines, de fabriques, d'aciéries, fermées, délocalisées, rasées. Alors il faut inventer, encore et toujours, l'avenir.

Mais cette après-midi de l'été 1954, avant de quitter la maison, il va quand même au bout de ce qui fut le jardin et que ne bornent plus les arbres, et il cherche à contempler une dernière fois les falaises à l'horizon. Il croit encore les deviner, entre la forêt des constructions qui, pour lui, sont nouvelles, alors qu'elles forment le paysage quotidien du bourg depuis des années.

Laissant le bourg, il repasse par le port, où n'accoste plus, chaque jour, le bateau d'Angleterre. Et je le revois, montant par des rues elles aussi nouvelles pour lui, des rues qu'il ne connaît pas, jusqu'au Calvaire des marins. Il relit les noms, tous des noms d'inconnus mais dont certains ont fini par lui devenir familiers, des hommes qui ont péri en mer. Puis il tourne le dos au large, aux falaises, s'en va vers la vie qui l'attend, vers la femme qu'il aime, vers l'enfant qui va naître et qui, il s'en fait le serment, sera aimé plus que jamais lui-même ne l'a été.

II.

UNE MAISON DANS L'ÎLE

La brise et l'aube encore
Fleuriront légères
Comme sous ton pas,
Quand tu rentreras.
Entre fleurs et balcons
Les chats le sauront.

CESARE PAVESE
The cats will know

1.

L'enfant qui naquit cette année-là fut une fille. Elle avait les cheveux clairs et les yeux d'un noir profond. Ses parents étaient très jeunes, ils l'avaient voulue, attendue joyeusement et la trouvèrent tout de suite très belle. Ils ne changèrent jamais d'avis, puisqu'ils s'étaient promis qu'elle serait aimée, sinon plus, du moins mieux qu'eux-mêmes l'avaient jamais été. Beaucoup de parents se font cette promesse, et peut-être aussi beaucoup se rendent compte, au fil des ans, qu'elle est plus difficile à tenir qu'ils ne l'avaient rêvé. Sans compter ceux qui l'oublient. Mais enfin, ils y croyaient. Je pense qu'ils ont loyalement essayé, et je crois, moi, qu'elle a été heureuse, du moins le temps qu'ils sont restés ensemble – cette famille qu'ils s'étaient jurée indestructible et qu'ils ont fini par détruire pour repartir chacun de leur côté : banale histoire. Une dizaine d'années. Pour les suivantes, toutes les suivantes, je ne sais pas. Je l'espère. Certains disaient d'elle, dans son adolescence, qu'elle avait quelque chose de léger et de gai comme les feux follets. Feu Follet, c'était déjà ainsi que son père l'appelait quand elle était toute petite. Il est vrai que des légendes racontent que parfois les feux follets brûlent ceux qui les approchent de trop près. Mais surtout qu'ils se consument très vite et s'éteignent dès qu'on veut les toucher.

Dès sa première enfance, elle a toujours répondu, quand on lui demandait le lieu de sa naissance, qu'elle était née dans l'île, et plus elle a pris de l'âge, plus elle s'est attachée à cette fiction. Car cela n'avait rien à voir avec la réalité de son état civil. Mais il est vrai qu'elle y était venue pour la première fois si petite, à quelques mois à peine, qu'elle prétendait que ses plus anciens souvenirs étaient ceux de la maison de sa mère au bord de la côte sauvage. Elle voulait être une îlienne comme sa mère, et les récits de l'enfance de celle-ci avaient fini par se mêler aux siens. Une imagination fertile faisait le reste. Ainsi, elle était capable de raconter que la nuit de sa naissance il y avait eu une grande tempête et que son arrivée au monde avait été scandée par l'appel régulier de la corne de brume, les craquements de la charpente torturée par le vent et le passage régulier de l'éclat jaune du phare tamisé par la bruine, se glissant par les fentes des volets. Il lui arrivait d'ajouter, pour faire bon poids, les plaintes des goélands affolés tournoyant au-dessus du toit, les branches du figuier cognant contre la fenêtre de la cuisine et, naturellement, l'appel lointain d'un cargo trop proche de la côte, porté par la houle qui le déviait de sa route vers Saint-Nazaire ou, tout aussi bien, luttant contre elle pour gagner le grand large de l'Atlantique. Et, disait-elle encore, quand, au petit matin, l'accalmie était venue avec le changement de marée, on avait clairement entendu, au moment où elle poussait ses premiers vagissements, le martèlement régulier des pas de l'oncle Hervouët, marchant comme à son habitude en équilibre sur le toit, un seau de chaux dans chaque main. À cette époque, l'oncle Hervouët était déjà mort depuis plus de trente ans, mais il était admis par tous que, dans les grandes occasions, il revenait accomplir cet exploit et, compte tenu du grand âge qu'il avait atteint lors de sa disparition, cela faisait encore l'admiration de ceux qui, au village, l'avait connu et respecté.

Quand avec ses parents elle évoquait l'histoire de l'oncle, ceux-ci précisaient bien que les fantômes n'existent pas plus que le père Noël, le voyage des cloches à Pâques et les œufs en chocolat qu'elles lâchent dans le jardin à leur retour, les cigognes qui déposent les bébés dans les choux et toutes les balivernes dont les autres parents gavent leurs petits. Mais c'était quand même une jolie histoire, il aurait été dommage de s'en priver. Parler de l'oncle Hervouët, comme faire le récit de cette naissance extraordinaire, était un jeu. Oui, bien sûr, on ne devait pas être dupe. Enfin, pas tout à fait, parce que, tout de même, c'était trop beau pour qu'il n'y ait pas de la vérité là-dedans. Si, enfant, on ne croit pas dur comme fer aux histoires imaginaires qu'on se raconte au moment où on se les raconte, alors à quoi ça sert de les imaginer ? De toute manière, il était clair, et ça devait rester clair jusqu'au bout – et j'entends par là jusqu'au jour où elle-même aurait des enfants et leur ferait écouter à son tour les pas de l'oncle Hervouët – que la maison dans l'île sans son fantôme familier n'aurait pas été complètement la maison dans l'île.

La maison avait été construite par l'oncle sur la partie la plus au sud de l'île. Au-dessus de la porte, comme c'était la coutume, la date était inscrite, encadrée, en bleu sur le blanc de la chaux : 1885. Les grands-parents de la petite fille en avaient hérité à sa mort. Le grand-père avait navigué longtemps sur les navires marchands, avant de prendre sa retraite. Il avait rencontré sa femme lors de ses escales à Toulon. Ce genre de mariage, alors, n'était pas inhabituel. Elle était venue s'installer dans l'île, qu'elle n'avait plus guère quittée, attendant ses retours, comme d'autres, épouses de marins de commerce qui faisaient parfois le tour de la terre, ou de pêcheurs qui descendaient, à la belle saison, jusqu'au large des côtes marocaines. La petite fille n'avait pas connu son grand-père maternel, mort peu après sa naissance. Il était enterré non loin de l'église de la commune, au centre de l'île. Un cimetière d'où l'on ne voyait pas la mer, près d'un vallon sauvage que, très tôt, la petite fille explora en se griffant aux ajoncs. Elle y allait avec sa grand-mère pour arracher les fleurs mortes, sarcler et renouveler la terre de la petite plate-bande et en planter de nouvelles. Sans oublier d'y tailler le laurier-rose bouturé dans le jardin.

La grand-mère était grande mais voûtée, avec une ample jupe noire qui recouvrait un jupon ; entre les deux, elle portait toujours un invisible trousseau de clefs : il lui fallait soulever le taffetas noir pour s'en saisir, ce qui n'avait guère de sens, car rien n'était jamais fermé à clef dans cette maison dont on ne poussait soigneusement les portes que pour la mettre à l'abri du vent. Contrairement à beaucoup d'habitants de l'île, en effet, elle méprisait les histoires de rôdeurs dont les méfaits se transmettaient de génération en génération et qu'avait justifiées la présence séculaire d'un pénitencier et d'une garnison.

Elle racontait à sa petite-fille sa vie à Toulon, dans une grande bastide du cap Brun entourée de palmiers, de pins parasols et d'agaves. Et de figuiers. Des figuiers pareils à ceux de l'île ? Non, pas du tout, ceux de l'île ne produisent que des figues vertes et dures, tandis que là-bas elles étaient bleues, le soleil les faisait grossir jusqu'à presque éclater et à en faire couler un sucre odorant : il suffisait alors de presser un peu dessus, elles s'ouvraient d'elles-mêmes et l'on mordait dans la chair onctueuse comme du miel. Il y avait aussi les figues de barbarie, portées par de gros cactus, roses ou bleu pâle celles-là, couvertes de piquants et qui, épluchées, avaient un goût douceâtre. Elle avait essayé d'en acclimater dans l'île, mais les cactus y dépérissaient vite. À part ces souvenirs-là, elle en avait d'autres, très beaux, ceux des quelques fois où elle avait navigué sur un cargo que commandait son mari. Quand elle parlait de ces navigations, elle appelait celui-ci « le pacha », et la petite fille aimait imaginer un homme, forcément grand et gros, coiffé d'un turban et chaussé de babouches, tout en sachant que ça ne correspondait pas du tout aux photos encadrées sur le buffet, ni à l'uniforme un peu râpé conservé dans une armoire et soigneusement entretenu, bleu sombre avec des boutons dorés, ni à la casquette galonnée. La grand-mère évoquait tantôt des icebergs et des aurores boréales, tantôt des chaleurs torrides et des poissons volants. Et des ports magiques, Djibouti, Alexandrie, Valparaiso ou Mourmansk. Elle sortait des cartes postales, mais, qu'elles soient grises ou agressivement coloriées, rien en elles ne parlait vraiment de magie.

Plus magique était sa bibliothèque. Après son mariage, elle avait apporté avec elle les livres de son enfance. Ainsi s'alignaient, sur des rayonnages soigneusement préservés de l'humidité marine par des vitres, tous les romans de la Bibliothèque rose dans leur fraîcheur et leurs ors d'origine. La petite fille se délectait à son tour des écrits de la comtesse de Ségur, née Rostopchine, et s'attendrissait sur *La Petite Duchesse* de Zénaïde Fleuriot. Quand elle passa à la Bibliothèque verte, elle suivit, haletante, dans *Sans Famille*, les tribulations de Rémi, de son maître Vitali, du bon chien Capi, et pleura à chaudes larmes sur la mort du singe Joli-Cœur. Son père se moquait d'elle en disant qu'elle devait être la dernière à lire encore ces fadaises. C'est de son âge, disait la grand-mère. Peut-être, répondait le père, oubliant qu'il avait été lui-même un fervent lecteur de *L'Auberge de l'Ange gardien*. Peut-être, mais ce n'est pas de son temps. Quelle idée elle aura de la vie, après ça ? Il insistait pour qu'elle lise plutôt Jack London. Bravo, ricanait la grand-mère en haussant les épaules : essayez de lui faire lire *Le Talon de fer* et vous verrez bien. D'ailleurs, pourquoi ne pas aller plus loin ? Faites donc comme votre ami journaliste, celui qui vient ici en vacances depuis des années : lui, il a confié sa fille à un gardien de phare et elle est restée quinze jours seule avec cet homme sur son rocher en pleine mer, histoire, dit-il, de lui former le caractère. C'est ça que vous voulez ? Vous savez, ma petite-fille, elle n'a qu'à se promener chez les gens de l'île : elle en verra et en entendra assez pour se le former, le caractère. Parce que l'île, ce n'est pas la Bibliothèque rose. Alors, laissez-la vivre sa vie et rêver encore un peu. Elle en aura bien besoin plus tard.

Il ne répondait pas aux sarcasmes de la grand-mère. En fait, il n'était pas loin de lui donner raison. Mais peut-être était-il encore trop jeune pour comprendre ce qu'elle avait appris, elle, de sa longue solitude dans l'île, que lui-même découvrirait plus tard – trop tard ? – et qui, à bien y repenser, était chez elle une forme de sagesse. Il fallait à la fois savoir rêver la vie et admettre que cette vie ne serait jamais telle qu'on la rêvait. Elle voulait que sa petite-fille rêve, parce que, pour elle, ceux qui en grandissant renonçaient à rêver risquaient de devenir des morts vivants. « Moi, disait-elle, il me suffit de regarder la mer, et je ne m'ennuie jamais. » Voilà pourquoi, avant même que sa petite-fille apprenne à lire, elle s'asseyait le soir près de son lit et lui racontait les histoires fabuleuses de l'île. Celle des lavandières que l'on rencontrait sur la lande au clair de lune et qui vous demandaient de les aider à tordre le linge ; si on le tordait dans le mauvais sens (mais comment distinguer le mauvais du bon ?), elles vous damnaient pour l'éternité. Ou celle des amours impossibles de Jean et de Jeanne, transformés par d'affreux druides en pierres – ces deux pierres dressées que l'on voyait encore de chaque côté de la route, près du bois de pins : à minuit, ils reprenaient leur forme humaine, et malheur à celui qui les voyait, il était à son tour transformé en pierre. Mais voilà pourquoi aussi, quand elle arrêtait son récit en voyant les paupières de sa petite-fille se fermer, elle ajoutait que tout cela n'était que des inventions, des jolis rêves et rien de plus, que les lavandières n'existaient pas et que Jean et Jeanne étaient des menhirs plantés là par les anciens habitants de l'île. Ce n'étaient même pas des vrais menhirs, parce que les vrais, un Anglais les avait emportés un jour chez lui. Bref, comme l'avait déclaré un de leurs nombreux amis de passage en veine d'aphorismes poétiques : « Cette femme a la tête dans les nuages et les pieds dans la glèbe. » Ils le lui avaient répété et, jusqu'à sa mort, elle n'avait cessé d'en rire.

De jolies légendes, oui, cela l'enfant voulait bien l'admettre. Et même si c'était décevant, elle se sentait finalement fière d'être traitée en personne capable de comprendre la vérité. Avec même un sentiment de supériorité, et aussi de pitié, envers ceux qui avaient pu y croire. Mais les ronds de fées ? Les ronds de fées, c'était une tout autre affaire. Elle les découvrait au matin dans le pré face à la maison. Elle voulait bien accepter que ce ne soient que de vulgaires champignons. Que ce ne soit ni la trace de fées qui avaient dansé au clair de lune, ni celle de korrigans qui s'étaient abrités de la pluie nocturne sous leurs chapeaux. Mais quand même : pour former des cercles aussi parfaits, les champignons n'étaient pas arrivés tout seuls. Il fallait bien que quelqu'un s'en soit mêlé, non ? Alors qui ? Cette fois, les explications de la grand-mère restaient un peu courtes. Elle avait beau parler de phénomène naturel, l'enfant ne le trouvait pas si naturel que ça. Le soupçon lui venait qu'on ne lui disait pas tout.

*

À vrai dire, quand la grand-mère prétendait qu'il lui suffisait de regarder la mer pour ne jamais connaître l'ennui, elle simplifiait. Parce qu'elle cultivait une vieille passion : celle d'observer les oiseaux marins. Elle tenait de son époux une paire d'énormes jumelles noires et une longue-vue dont le tube de cuivre coulissait dans un manchon de cuir raboté par l'usage. Ainsi armée, elle se postait, assise sur un pliant, à peu de distance du sémaphore : de là, elle pouvait surveiller également la mer et les rochers. Au fil des ans, elle avait acquis un savoir encyclopédique. Elle reconnaissait les oiseaux non seulement à leurs couleurs et à leur forme, mais à leur vol et à leurs appels. Le malheur était que, au fil des ans aussi, les plus intéressants et les plus beaux se raréfiaient. Certains, même, semblaient avoir presque disparu. Finis les terriers des macareux moines aux ailes si courtes que l'on se demandait comment ils réussissaient à voler, finies les colonies d'huîtriers huppés ou de puffins. Très tôt, elle avait voulu faire partager sa passion à sa petite-fille, et elle y était parvenue. Elle possédait dans sa bibliothèque des gros livres dans lesquels elle lui apprenait à reconnaître à son tour les oiseaux, puis elle l'emmenait partager ses patientes attentes. L'enfant avait vite su distinguer les différentes sortes de goélands, bruns, argentés ou marins, de sternes ou de cormorans. Ce qui désespérait le plus la grand-mère, c'est que des mois pouvaient désormais s'écouler sans qu'elle aperçoive un fou de Bassan. « Pourquoi tu veux tant en voir un ? demandait l'enfant. – Parce que c'est le plus beau de tous. C'est le seigneur de la mer. » Elle lui avait bien expliqué et montré sur les livres qu'il était blanc, avec des ailes immenses aux extrémités effilées et noires qui lui permettaient de planer indéfiniment et qu'il repliait soudain pour piquer droit sur les vagues. « Comme un vrai fou. » Parfois, l'enfant croyait en voir un. Elle sautait de joie, criait à sa grand-mère de braquer ses jumelles, vite, vite. C'était presque toujours la déception. Où donc étaient partis les fous de Bassan ? « Ils reviendront, répondait la grand-mère. Ils partent loin, très loin, mais ils reviennent toujours. »

Plus âgée, c'est dans cette même bibliothèque reçue par ses parents en héritage qu'elle découvrit Proust et Conan Doyle, Gaston Leroux et Boris Vian, *Les Misérables*, *Le Blé en herbe*, Arsène Lupin et *Le Voyage au bout de la nuit*. C'est dire combien la grand-mère était une lectrice aussi éclectique qu'assidue. Elle commandait ses livres à la librairie du port, qui était plus portée sur les magazines, les romans policiers, les auteurs bretons, les albums de photos et les guides de l'île. À défaut d'autres distractions, il lui fallait bien se rabattre sur la lecture. Sinon quoi ? Elle était, il est vrai, reliée au monde par un gros poste à piles et à la vie locale par une page intérieure d'*Ouest-France*. Elle avait apporté lors de son mariage le piano de son enfance, mais il se désaccordait vite, et il fallait attendre le passage dans l'île de l'accordeur aveugle – dont la venue, se plaignait-elle, était aussi improbable que la semaine des quatre jeudis et le jour où les poules auraient des dents. S'y ajoutaient quelques fêtes patronales, la grande fête des Guerveurs, le bal des pompiers, la réunion de la société historique, menée gaillardement par une vieille demoiselle qui rêvait d'ouvrir un musée et réussissait à attirer bon an mal an quelques conférenciers venus évoquer le passé celte, la bataille des Vénètes contre la flotte de César, le règne de Fouquet, le sac de l'île par les Anglais, le château de Sarah Bernhardt brûlé par les Allemands, le séjour de Claude Monet. Ses lectures, presque toute sa vie, la grand-mère les avait faites à la lueur de lampes à pétrole, puisque l'électricité n'était parvenue chez elle que l'année précédant la naissance de sa petite-fille – et avec, enfin, l'une des premières télévisions de la commune. Et même, en 1945, dernière année de la terrible occupation allemande, elle ne s'était plus éclairée, grâce à la gentillesse de pêcheurs voisins, qu'en trempant une mèche dans de l'huile de requin pèlerin.

À la naissance de l'enfant, la grand-mère était déjà très vieille, ou du moins le paraissait-elle. Elle s'était installée dans une maison plus petite, au bout du jardin, face à la lande déserte d'ajoncs et de genêts qui s'étendait jusqu'aux bâtiments du sémaphore dominant la mer. Elle avait abandonné son habitude de se rendre au port en bicyclette et recevait assez peu d'amies, presque toutes des femmes de navigateurs comme elle, qui ne quittaient pas davantage l'île mais y vivaient comme dans une sorte d'exil, quoique ne s'en plaignant pas. Elle disait parfois que les îliens étaient des gens fermés sur eux-mêmes, ce que la petite fille n'arrivait pas à croire, elle qui était reçue partout et se sentait partout chez elle. La grand-mère est morte seule, « morte de sa belle mort », une nuit calme de printemps, quand ses enfants étaient à Paris, et l'on a dit dans l'île que c'était un sort bien enviable que de se coucher le soir ainsi et, simplement, de ne pas se réveiller le matin. À cette époque, la petite fille guetta les pas de l'oncle Hervouët en tâchant de deviner si un autre ne venait pas s'y joindre. Elle continua d'aller au cimetière renouveler les fleurs de la tombe où désormais deux noms étaient gravés.

Quant à ses grands-parents paternels, elle n'en savait finalement pas grand-chose. Ils étaient morts dans une guerre dont son père, dans ses toutes premières années, lui parlait peu, comme il lui parlait peu d'un frère, tué lui aussi, dont elle ne connut longtemps qu'une photo punaisée sur un mur, au-dessus de la machine à écrire sur laquelle il tapait ses articles. Une photo d'identité agrandie, assez floue à vrai dire, mais suffisante pour qu'elle trouve que cet aîné avait l'air beaucoup plus jeune que son père tel qu'elle le connaissait. Elle le lui avait dit, et il avait répondu, étrangement, en allemand : « *Die Toten bleiben jung.* » Ceux qui meurent jeunes, avait-il dit encore, ont cet avantage sur nous qu'ils ne vieilliront jamais. Étrangement aussi, en disant cela, il avait souri.

Il en parlait peu, peut-être parce que lui-même continuait à trop y penser. La guerre restait inscrite en lui, il la portait dans sa mémoire, non comme de simples cicatrices, mais comme si elle n'en finissait pas d'y agoniser. Et ce frère, dont on avait parfois l'impression qu'il avait du mal à prononcer le nom, il le sentait encore vivre en lui, inséparable, comme si sa mort elle-même faisait partie de son être, de sa chair, de sa vie.

Il lui parlait plus facilement de son grand-père à lui, celui qui avait vécu bien plus au nord, près d'un autre port, très grand, celui-là : ce médecin humaniste qui aimait les plantes, les oiseaux, les papillons et tout ce qu'avait enfanté la terre en général. Il lui montrait les herbiers collectionnés ensemble quand il était petit. C'est peut-être en tournant ces pages de fleurs séchées qu'elle a vite acquis à son tour la passion des plantes. Plus tard, quand elle ressuscita la vigne de la cour, quand elle sut réussir avec des branches d'arbustes des boutures apparemment impossibles, obtenir des floraisons réputées sans espoir sous le ciel de l'île et même faire mûrir des figues presque semblables à celles dont lui avait parlé sa grand-mère, ses amis dirent, assez platement, qu'elle avait la main verte.

*

En réalité, les parents vivaient à Paris. Mais la mère gardait une telle nostalgie et un tel amour de son île natale qu'ils y allaient chaque fois qu'ils le pouvaient, et en toute saison. Elle avait voulu communiquer cet amour à son mari. Elle avait été heureuse sur l'île, et malheureuse sur le continent, dès qu'elle avait eu l'âge de quitter l'école primaire, parce qu'il n'y avait pas de collège et qu'elle avait été pensionnaire chez des bonnes sœurs. Elle en avait gardé une rancune tenace contre celles-ci et, par extension, contre tout ce qui touchait à leur religion. Pourtant, parce qu'ils s'étaient mariés très jeunes et qu'ils avaient voulu faire plaisir à la grand-mère, ils avaient fait ça à l'église, dans l'île, et même ils avaient laissé baptiser leur enfant. Mais peut-être cette ultime concession n'avait-elle fait qu'accroître chez la mère ce qui était devenu de la haine. Le père, lui, se moquait de cette colère. Il lui arrivait même d'ajouter, et pas seulement par provocation, que, oui, il haïssait comme elle et tout aussi férocement les faux culs qui, disait-il dans un de ses accès de vulgarité affectée, « allaient le dimanche à l'église pour s'y gratter les fesses ». Et que, oui, il y avait eu les croisades et leurs massacres, les inquisiteurs et leurs bûchers, mais qu'il connaissait des chrétiens dont il respectait la foi, cette foi du charbonnier qui les poussait à ne pas attendre la Cité de Dieu pour tenter de construire la cité des hommes. Il faut dire que c'était le temps des prêtres-ouvriers et qu'il en avait parmi ses camarades. Il disait aussi qu'il avait vécu tant de choses affreuses pendant la guerre que, de toute manière, il avait chassé une fois pour toutes de sa vie ces histoires de bon Dieu, de péchés et de résurrection. Dans ses premières années, quand sa fille voulait en savoir plus, quand elle lui demandait ce qu'étaient ces choses affreuses qu'il avait vécues, il éludait. Plus tard, disait-il toujours, plus tard. Mais il ne pouvait s'abstenir indéfiniment de raconter, et il a bien fallu, un jour, qu'il se décide à répondre aux questions qui revenaient sans cesse. L'enfant questionnait sur tout, il aurait été singulier qu'elle fasse une exception.

D'autant que sa mère, elle, n'avait aucune raison de se taire. En l'absence de son mari, elle sortait l'album des photos de famille qu'il remisait au fond d'un placard. Petites photos aux contours dentelés, pas toujours très nettes, prises la plupart du temps avec un médiocre Kodak et collées sur des feuilles de carton grisâtres. « Ici, c'est ton père, quand il avait ton âge. Là, c'est ton grand-père, son père à lui. – Il faisait quoi, mon grand-père ? – C'était un savant. – On ne dirait pas, avec son costume de bain et son chapeau de paille. Il a l'air de beaucoup s'amuser. Les savants aussi meurent à la guerre ? Comment il est mort, mon grand-père ? – Il est mort de faim dans un camp où l'avaient enfermé les Allemands. – Pourquoi ? – Il était dans la résistance. » Et elle devait expliquer ce mot : c'est ainsi qu'il devint familier à l'enfant, qui le nourrit d'images confuses, à la fois très tristes et très héroïques. Elle se demandait ce qu'elle aurait fait, elle : aurait-elle été aussi dans la résistance ?

« Voilà ton père, tout petit, dans les bras de son frère. – Son frère a l'air de beaucoup l'aimer. Lui aussi il a été dans la résistance ? Et il est mort comment ?… – Il a été fusillé. » Elle feuilletait les pages grises et s'étonnait : « Papa ne leur ressemble pas. Ils ont l'air plus petits et plus bruns que lui. Son père a une drôle de petite moustache. Et moi, je leur ressemble ? – Je ne sais pas, je ne les ai pas connus. Je crois que tu ressembles davantage à ta grand-mère de Paris, mais elle non plus, je ne l'ai pas connue. Papa dit que tu as les mêmes yeux. » La petite fille contemplait longuement l'image de cette grande femme mince et élégante qui posait devant l'objectif d'un photographe professionnel avec le sourire de rigueur. « Mais non, c'est à toi que je ressemble. Tout le monde me le dit. » Puis toujours la même question : « Elle aussi, elle a été tuée ? Pourtant les femmes ne font pas la guerre. » Il fallait alors à la mère prononcer un autre mot : déportation. « Ils étaient sûrement tous très courageux. Et papa, qu'est-ce qu'il faisait pendant ce temps-là ? – Tu lui demanderas. – Mais tu sais bien qu'il ne veut jamais me répondre. »

Et comme les gens de l'île, eux aussi, avaient beaucoup à dire sur la guerre qu'ils avaient vécue, isolés du monde, abandonnés à eux-mêmes et livrés à une garnison d'occupants obsédés par leur position stratégique, elle avait fini par comprendre ce qui rendait parfois son père triste, surtout à certaines dates de l'année où il devenait presque méchant, lui dont elle espérait toujours qu'il lui inventerait de jolies histoires et de jolis jeux. De son côté, sa grand-mère, dans l'île, ne s'était jamais privée non plus d'évoquer les souffrances de l'occupation, les réquisitions, la faim, le couvre-feu, l'interdiction de pêcher au large, les arrestations. Et l'absence oppressante de nouvelles du continent, sauf par de rares radios cachées. « Tu te rends compte, nous n'avons été libérés que le 9 mai 1945. – Et alors ? – Alors, il faut que tu saches que la guerre s'est terminée le 8 mai. Presque toute la France était libre depuis bientôt dix mois. Mais pas nous. – Pourquoi ? – Parce que l'armée se battait en Allemagne. On n'avait laissé, en face, sur le continent, que des petits soldats qui n'avaient que des fusils et pratiquement pas de munitions. On ne se bat pas avec des fusils contre des blockhaus et des canons. Eux aussi, cet hiver-là, ils ont beaucoup souffert. »

*

Une chose est certaine : quand les parents arrivaient dans l'île, ils devenaient différents. Ils échappaient aux rues serrées et aux préoccupations étroites. Et comme eux, leur fille éprouvait une indicible sensation de liberté. L'île était petite sous un ciel immense, au milieu d'une mer immense. Ce n'était pas la taille de l'île qui comptait, c'était l'immensité au-dessus et autour d'elle, qui remplissait corps et esprit de ce sentiment d'infini. Infinie liberté.

À Paris, ils habitaient dans une rue un peu sombre d'un vieux quartier, un appartement exigu qu'ils n'avaient jamais pris la peine d'aménager vraiment. Sa chambre était minuscule, avec une fenêtre rectangulaire tout près du plafond, une ouverture réduite avec des barreaux, comme celle d'une cellule, qui donnait sur un mur, et ce n'était que par les fenêtres de la grande pièce, où se trouvait le lit des parents, que le soleil venait, l'après-midi, visiter la cour.

À l'époque de ses premières années, les voisins du dessous, un couple sans enfants, sertissaient à domicile des articles de Paris : des tours Eiffel dorées ou des Sacré-Cœur dans des boules de verre, avec des paillettes argentées qui tombaient quand on les retournait. Elle allait chez eux et les regardait travailler. Ils ne voulaient pas qu'elle fouine trop dans les étagères où ils rangeaient leurs œuvres une fois achevées. Elle avait quand même découvert ce qui les gênait, elle n'en avait rien dit et ça la faisait rire sous cape : c'étaient aussi des boules de verre, mais elles ne contenaient pas des monuments : on y voyait trôner une dame très habillée qui, quand on basculait un peu l'objet, devenait très nue, très rose, avec des seins volumineux aux bouts d'un rouge agressif et un petit triangle noir fendu également de rose bien marqué entre les cuisses entrouvertes. Au-dessus habitait la famille d'un rabbin, avec beaucoup de petits rabbineaux, et tous, le soir de shabbat, attendaient sagement devant la porte qu'un passant veuille bien appuyer sur le bouton électrique. Au-dessus encore, un monsieur solitaire dont le métier était de découper, avec une petite scie électrique, les centaines, les milliers de petits morceaux biscornus de puzzles. Il lui en avait donné plusieurs : l'un, de cinq cents pièces, représentait les *Nymphéas* de Monet. Un autre, la prise de la smala d'Abd El-Kader.

Dans la rue, en face, il y avait une boucherie chevaline, un marchand de couleurs, une boutique de journaux et un peu plus loin, au coin, un bar-tabac où son père s'installait souvent devant un verre de rouge à une table tout contre la vitrine, pour relire ses articles avant de partir au journal. Elle le voyait en revenant de l'école et entrait l'embrasser. Le patron lui servait une grenadine et elle n'osait pas dire qu'elle n'aimait pas ce liquide rosâtre, clair et fade. Ça, bien sûr, c'était quand son père était là. Parce que, après sa naissance, il s'était mis à beaucoup voyager, et loin. Parfois, c'était sa mère qui partait, et son père qui restait avec la petite fille. Le seul personnage inamovible, à la maison, c'était le chat.

Elle savait que ses parents étaient journalistes. Sa mère travaillait pour un hebdomadaire, elle recevait beaucoup de livres, elle allait voir, de semaine en semaine, des peintres et des écrivains, et les voyages qu'elle faisait, elle, c'était en province, pour quelques jours. Du lundi matin au mardi soir, elle devenait inabordable. Elle passait des heures devant sa machine à écrire ou à marcher de long en large dans la grande pièce en fumant des paquets entiers de gauloises et en répétant : « Cette fois, je n'y arriverai pas. » Apparemment, elle y arrivait toujours, et le jeudi dès potron-minet, elle se précipitait chez le marchand de journaux pour voir si ses articles étaient bien parus et si on ne les lui avait pas trop coupés. Ces deux jours-là, la petite fille savait qu'elle ne devait rien espérer d'autre que des mots distraits, qu'elle devait se débrouiller seule avec ses leçons et s'attendre à ce que sa mère oublie les repas. Heureusement, à midi, elle déjeunait à la cantine de l'école. Le jeudi, en revanche, sa mère était prise d'une affection débordante, elle l'emmenait manger des glaces aux fruits de la passion, et cela durait jusqu'au prochain dimanche.

Son père, lui, partait loin et longtemps. Souvent, son sac de voyage restait près de la porte, à demi défait, dans l'attente d'un nouveau départ. Pendant un temps, il y eut sur le dessus, d'où dépassaient un blouson kaki et la courroie du Leica, un casque de soldat qui l'impressionnait beaucoup. Quand il était absent, dans cette période-là – elle devait déjà aller sur ses sept ans –, il téléphonait quelquefois le soir. Elle entendait sa voix, déformée et brouillée, qui lui disait presque toujours les mêmes choses : il l'aimait très fort et il l'embrassait. C'était rapide et insatisfaisant, d'autant qu'il avait longuement parlé à sa mère auparavant, et elle en était jalouse. Elle avait moins d'une minute pour lui demander où il était, et il répondait qu'il se trouvait en Algérie et qu'il lui rapporterait une poupée du pays. Il y manquait rarement. Elle l'alignait sur une étagère à côté des autres et pensait que, décidément, il la voyait encore comme un bébé : il ne prenait pas le temps de la voir grandir. Il n'avait même pas l'air de se rendre compte qu'elle savait que, là-bas, il y avait une guerre. Elle lui demandait si c'était dangereux, il souriait et disait que non, en tout cas pas pour les journalistes.

Quand sa mère était sortie, elle cherchait le magazine où travaillait son père pour essayer de le suivre dans ses reportages : dans ses articles, il était question de ratissages, de zones interdites, d'arrestations, de bombes, de parachutistes, de fellaghas et surtout de beaucoup de morts. Comment pouvait-il dire que ce n'était pas dangereux ? Elle lui demanda, lors d'un de ses passages, qui étaient ces fellaghas qu'il fallait poursuivre et tuer, et il lui répondit que c'était un mot qu'il n'aimait pas, parce qu'il était méprisant, alors qu'il s'agissait en vérité de gens qui se battaient pour la liberté de leur pays, comme ses parents et son frère à lui l'avaient fait autrefois, quand la France était occupée. Ce fut probablement la première fois qu'il lui parla un peu longuement de ce qu'il avait lui-même vécu alors.

Un jour, elle vit une photo de son père sur un journal que sa mère avait laissé traîner sur la table. L'article n'était pas signé de lui, ce n'était d'ailleurs pas le journal où il avait l'habitude d'écrire, et son titre était : « Un journaliste expulsé d'Algérie. » Qu'est-ce qu'il avait bien pu faire pour ça ? Des mots la frappèrent : il était question de quelqu'un qui « tirait dans le dos des soldats français » et « salissait l'honneur de l'armée française ». Il n'y avait pas de doute, c'était de son père qu'il s'agissait. Il rentra le lendemain soir, sale, pas rasé et fatigué. Quelques jours plus tard – un jeudi, jour où elle n'allait pas en classe –, des hommes se présentèrent. Ils dirent qu'ils étaient de la police judiciaire et qu'ils venaient faire une perquisition. Ils remuèrent quelques livres et des papiers, discutèrent avec son père, puis l'un d'eux posa une machine à écrire sur la table de sa mère et rédigea ce qu'il appelait un procès-verbal. Quand ils furent partis, en emportant un tas de papiers raflés dans des tiroirs et un pistolet de la dernière guerre sans ses munitions trouvé dans un placard à côté des chaussures, mais sans les paquets de tracts cachés sous l'évier de la cuisine, son père lui dit que tout ça n'était que des formalités et qu'il ne fallait pas avoir peur de cette police-là. Il haussa les épaules quand elle lui demanda de quelles autres polices, alors, il fallait avoir peur. Il répondit finalement qu'il y avait des gens plus à craindre que les policiers, des gens à qui ses articles n'avaient pas plu, et que ceux-là, oui, pouvaient lui vouloir du mal.

En fait, je pense qu'elle en savait, là encore, beaucoup plus long qu'elle ne le laissait paraître, mais il y avait trop d'avantages à jouer le plus longtemps possible à l'enfant innocente. Parce qu'il était difficile d'ignorer qu'il y avait la guerre en Algérie, ne serait-ce qu'en lisant sur le chemin de l'école les gros titres des journaux qui annonçaient régulièrement le « dernier quart d'heure ». Que cette guerre venait parfois jusqu'à Paris, qu'il y avait des attentats, que des gens passaient souvent la nuit à la maison sur lesquels elle devait rester muette. C'était la nuit, aussi, que ses parents sortaient les paquets de tracts de leur cachette et, assis à la table familiale, passaient des heures à les plier, à les mettre dans des enveloppes et à copier des adresses. Ils se souciaient aussi beaucoup de ce que l'on appelait alors des « plasticages ». Elle avait ordre de ne jamais jouer derrière la porte d'entrée. Et comme la fin de l'année scolaire approchait, ils décidèrent qu'elle manquerait les dernières semaines d'école et irait dans l'île avec sa mère. Son père, lui, devait repartir en voyage : en Suisse, pour rencontrer des amis, avant, peut-être, de les rejoindre. Leur décision s'avéra justifiée. Quelque temps plus tard, un explosif fut déposé devant leur porte. Celle-ci ne sauta pas. En revanche, il dévasta la cage d'escalier et fit voler en éclats toutes les vitres des voisins, qui n'apprécièrent pas. Plus tard, quand il évoquait l'affaire, son père avait le sourire en coin de ceux qui laissent entendre qu'ils en savent plus long qu'on ne croit, pour dire que, quand on se mêlait de poser des bombes, il y avait quand même quelques règles élémentaires à ne pas ignorer, concernant notamment la propagation des ondes de choc.

La petite fille et sa mère prirent le train du soir, à la gare Montparnasse. Le plus difficile avait été d'emmener le chat.

*

C'était toujours le même voyage : une nuit entière dans le compartiment à six couchettes, toutes occupées. Elle préférait celle du haut, près de la veilleuse. Pourtant la chaleur dégagée par les cinq autres corps dans l'espace confiné était plus lourde sous le plafond, mais elle se sentait protégée par la couverture rugueuse, comme dans une sorte de niche faite exprès pour elle. Le train était chaque fois bondé.

Elle aimait le balancement saccadé des bogies, mais c'était difficile de dormir : en toute saison, le train était truffé de soldats en permission, de marins chahuteurs qui chantaient et criaient fort en buvant de la bière. Ce n'était que vers Nantes, au milieu de la nuit, qu'ils commençaient à se calmer. Alors, dans les moments de silence, surtout aux arrêts dans les gares désertes et sonores, s'élevaient des ronflements d'une force telle qu'ils passaient à travers les cloisons. Elle dormait par à-coups et, surtout, elle attendait avec impatience ce passage dans Nantes. Là, elle sortait dans le couloir où stagnait une vague fumée qui sentait le tabac refroidi et le charbon, pieds nus, en évitant de marcher sur les mégots. Il y avait d'abord le changement de locomotive, l'ancienne repassant sur la voie d'en face, haletante et rougeoyante, les appels des employés de la gare, puis le choc de l'accrochage de la nouvelle, qui faisait se taire un instant les ronflements. Quand le train repartait, elle baissait la vitre pour respirer la nuit. C'était l'instant qu'elle attendait. La voie passait au cœur de la ville en suivant des rues sans vie qu'éclairaient seulement quelques réverbères, et le fracas de ce passage se répercutait sur les façades des maisons. Elle avait alors l'impression de traverser une ville fantôme dans un train fantôme.

Au petit matin, il fallait, l'hiver, dans la nuit encore noire, descendre à Auray et attendre longtemps la correspondance, réfugiés dans un buffet avec d'autres voyageurs somnolents, sous la grande rosace de rubans de marins portant les noms de leurs navires de guerre, collectionnés depuis des années par la patronne. L'été, on restait dans le wagon qui faisait partie des trois décrochés du train principal et qu'une vieille locomotive traînait, de station en station, jusqu'au port d'où partait le bateau de l'île. On frôlait d'abord des branches d'arbres qui griffaient les fenêtres. Le jour se levait sur le fort qui gardait la partie la plus étroite de l'isthme, où déjà les soldats en rangs assistaient au lever des couleurs. Sur la gauche, la mer du golfe était d'un gris d'ardoise à marée haute et ne laissait à marée basse qu'une étendue de sable et de vase semée de barques couchées sur le flanc.

Le bateau partait à midi. Il attendait à quai, arrivé de bon matin de l'île où il passait la nuit, parce que le port y était plus sûr. Il était d'un blanc sale, allongé, avec des coursives débouchant sur une plage arrière couverte et un pont supérieur où s'alignaient des bancs rouges entre les chaloupes de sauvetage, surmonté d'une haute cheminée. C'était là que, l'été, se pressait la masse agitée des touristes. Un autre bateau venait d'être mis en service, plus moderne, mais on avait dû rapidement le renvoyer pour révision à son chantier natal, parce qu'il tenait mal la houle, et que, lors d'une de ses premières sorties, après avoir manqué la passe, il avait été drossé contre les rochers de la pointe du Vieux Château. On devait tuer le temps dans le port, au fond d'un café si le ciel était maussade, ou, s'il était clair, suivre le quai où les pêcheurs débarquaient leurs casiers et marcher jusqu'au bout de la jetée, près du feu vert de la passe. Un vieil homme était toujours là, qui manipulait un treuil pour plonger et remonter, tout au long de la journée, une large nasse presque plate tenue aux coins par quatre filins, dans laquelle il ramenait des minuscules poissons frétillants.

Quand le soleil brillait fort, l'île semblait toute proche. La petite fille n'aimait pas cela, elle la préférait nimbée d'un léger brouillard, ou carrément invisible sous le ciel bas, parce qu'elle correspondait mieux, alors, à l'idée qu'elle s'en faisait : solitaire et lointaine, vraiment à l'écart du continent et du monde. Son île à elle. Puis il y avait les appels brefs de la sirène, et l'on montait à bord. Surveillé par le capitaine, le mât de charge achevait d'embarquer les voitures, deux à fond de cale et deux sur le pont. Le capitaine était en pantoufles, et elle lui en voulait de cette tenue prosaïque. Sa mère s'installait dans le salon de l'avant, où elle retrouvait presque toujours des connaissances. La fille allait d'une coursive à l'autre, respirant le vent et la mer. Dès la sortie, même par beau temps, plusieurs grandes vagues soulevaient le bateau qui passait tout près de la bouée sifflante.

Peu à peu, dans l'heure que durait la traversée, la côte de l'île se précisait et s'allongeait au point d'occuper tout l'horizon. Les détails du port et du bourg tapi au fond de l'échancrure taillée dans le plateau devenaient nets, les deux tourelles blanches des feux de l'entrée, les pinasses aux coques presque toutes bleues amarrées bord à bord, le bateau de sauvetage, vert et rouge, à gauche, posé sur ses rails et prêt à glisser d'un coup sur la pente pavée qui dévalait vers le bassin, les maisons serrées, et aussi, à droite sur une pointe, la bâtisse en triste ciment gris du sémaphore qui, longtemps, avait assuré les communications avec le continent. La masse de la citadelle abandonnée et à demi noyée l'été dans le feuillage épais de grands marronniers dominait le port. Les arbres descendaient jusqu'à l'arrière-port, fermé par une vanne, où pourrissaient lentement, couchés sur le flanc, les squelettes des grandes barques et des pinasses désarmées, et plus loin, au-dessus de leurs cimes, se profilaient sur le plateau les bâtiments bas des sardineries. La sirène lançait encore trois appels qui la faisaient sursauter et se boucher les oreilles, crier même, parfois, puis le bateau virait pour se placer nez à la passe.

*

Aucune traversée n'était semblable. Celles de l'été, quand le bateau faisait plusieurs rotations, étaient sans histoires, et c'étaient celles qu'elle aimait le moins. Il fallait se mêler à la masse des touristes venus parcourir l'île pour une journée, avec visite en car du phare et de la grande grotte, ou location de vélos et pique-nique sur une plage. Entassés sur les bancs de la plage arrière, ils étaient bruyants, dégoulinants de sueur et de crème solaire. Elle les voyait comme des visiteurs du jardin d'Acclimatation où son père l'emmenait parfois faire des tours de manège et regarder le rocher des singes. Ou comme les singes eux-mêmes : les Bandar-Log de Mowgli. Ils poussaient de grands cris à la première houle, chantaient « Y a du roulis, y a du tangage » et n'en finissaient pas de se photographier mutuellement. Son père, alors, lui reprochait de se moquer du bonheur des autres, tous n'avaient pas sa chance, elle le comprendrait plus tard. Elle détestait ces leçons de morale au point, un instant, de détester son père. Heureusement, des dauphins venaient parfois les escorter. Les cris des passagers redoublaient, mais elle se rappellerait toujours son émerveillement le jour où un dauphin, à quelques mètres de l'étrave, avait jailli de l'eau tel un diable de sa boîte pour danser à la surface un bref instant, debout sur sa nageoire caudale, ventre argenté par le soleil, comme pour défier le navire. Même si, plus tard, elle devait en rencontrer bien d'autres, dans ses longues navigations à la voile sur d'autres mers.

L'apparition d'un dauphin, c'était quand même une exception. Plus souvent, on devinait, lorsque la surface de la mer était translucide, les formes sombres au ras de l'eau de grands requins pèlerins, dont elle savait qu'ils étaient inoffensifs, mais qui lui inspiraient une certaine méfiance.

En d'autres saisons, en revanche, la traversée pouvait devenir une aventure. Par exemple, l'hiver où le bateau neuf s'était honteusement échoué sur la pointe du Vieux Château. Or cette année-là, la mer avait été si mauvaise que même le bateau habituel, en arrivant au continent, n'avait pas réussi à enfiler, vent debout et lames debout, la passe entre les deux jetées. Il avait stationné longtemps dans la houle profonde. Il y avait très peu de passagers ce jour-là, et le capitaine, toujours en pantoufles, avait parlé de retourner à l'île. À la fin, le port avait envoyé le bateau de sauvetage pour transborder les passagers. L'opération s'était révélée acrobatique, moitié plongeon et moitié grand écart entre les bras tendus des hommes d'équipage, parce que, quand l'une des deux coques était sur la crête de la grosse vague, l'autre était dans le creux. La première à passer avait été une jeune institutrice, mais on avait dû s'y reprendre à trois fois. Quand était venu le tour de son père qui la serrait dans ses bras, les matelots avaient décidé que le jeu était trop périlleux. Alors le navire était reparti pour gagner des eaux plus calmes et atterrir dans un autre port, très loin, tout au fond du golfe. À dater de ce jour, pour tout le reste de l'année, la compagnie avait décidé que le point d'attache du continent serait ce port-là, le temps de la navigation avait plus que doublé, l'île était devenue encore plus lointaine. Et donc encore plus précieuse.

Au cours de ce nouveau trajet, le bateau, après une heure de navigation, doublait la pointe des Émigrés, dernière avancée du continent. Elle demandait à son père de lui raconter encore une fois l'histoire des émigrés qui avait débarqué là pendant la guerre des Chouans. Ils voulaient rétablir la royauté, disait-il. Alors ils avaient le roi avec eux ? Non, le roi, rappelle-toi, on lui avait déjà coupé la tête, et son frère, pas bête, était resté bien au chaud en Angleterre où il avait fui. Les républicains avaient vite battu et pourchassé les émigrés. Les derniers s'étaient retrouvés acculés à la mer sur cette pointe de plats rochers, et ils avaient essayé de regagner la flotte anglaise à la nage. Les soldats républicains tiraient, comme à la foire, sur les têtes qui dépassaient, et aucun n'en avait réchappé. Les émigrés avaient-ils aussi débarqué dans l'île ? Non, parce que les gens de l'île s'étaient bien défendus.

Elle admirait son père qui savait tant de choses, et il se sentait quelquefois comme piégé parce que lui, il se reprochait justement de ne pas savoir grand-chose, sauf ce qu'on trouve dans des livres à l'usage des gens qui comme lui ne savent pas grand-chose, et d'abuser de la crédulité d'un enfant. De toute manière, concluait-elle, ce sont de vieilles histoires, et elle les écoutait comme les légendes de sa grand-mère ou comme le conte de la méchante sorcière Baba Yaga dévoreuse de petites filles, que lui répétait son père, qui le tenait lui-même de son lointain oncle russe : elle ne s'en lassait pas, parce qu'il lui faisait délicieusement peur. Ou celui de la reine des souris qui avait sept têtes couronnées d'or et voulait tuer Casse-Noisette, mais qui, heureusement, mourait dans d'atroces souffrances : « Adieu la vie, source d'envie, adieu le ciel, source de miel, ah, je meurs, hi-pi-pi, couic ! » Non, répondait son père, ce ne sont pas seulement de vieilles histoires, il y en a toujours de pareilles aujourd'hui, et je t'assure qu'elles sont aussi vraies et plus terribles que celle des émigrés. Raconte-les-moi aussi, demandait-elle. Plus tard, plus tard, je t'en parlerai, disait le père.

Toujours dans ce nouveau trajet, le bateau passait, avant d'atteindre le large, près du phare planté en pleine mer sur un rocher solitaire. Les jours de beau temps, le gardien se tenait sur l'espèce de balcon circulaire à la base du phare et leur adressait des signes, auxquels répondait un coup de sirène. Elle pensait alors au dessin que lui avait montré son père et qui la faisait rire : on y voyait un phare absolument semblable, solitaire et perdu en pleine mer et sans une terre à l'horizon, à cette différence près qu'un vélo était garé contre les marches reliant le rocher à l'étroite porte de la tour. Et elle y pensait si fort qu'elle était presque étonnée de ne pas voir, pour de vrai, le vélo du gardien.

Une autre aventure, c'était, surtout par les jours d'hiver, quand il y avait trop de brume pour que le bateau régulier se risque à prendre la mer. Alors la qualité d'îlienne de sa mère leur donnait le droit d'emprunter le bateau de pêche auquel la compagnie confiait le courrier. Il s'appelait le *Gabriel-Péri* : à l'époque, beaucoup de pêcheurs étaient communistes, ce qui ne les empêchait pas de participer à la grande fête annuelle où le curé bénissait les pinasses. Elle restait sagement cloîtrée dans le carré avec ses parents. Sa mère commentait avec les matelots les nouvelles du pays. Avec son père, ceux-ci parlaient politique, et ils étaient souvent d'accord. Ce qui était magique, c'était que, dans ce confinement, les matelots pouvaient dire exactement, rien qu'aux mouvements de la coque dans la houle, à quel point de la traversée on en était : ici on double la pointe du Conguel, ici on passe sur la basse de Saint-Clément, ou sur la chaussée de la Teignouse, ou sur les hauts-fonds de Birvidiaux. C'était comme si la mer leur parlait tout bas. Plus magique encore était de les entendre reconnaître à son sillage le bateau qu'ils venaient de croiser et en donner même le nom : « Celui-là, il ne file pas droit, le patron, on sait qui c'est, toujours un coup dans le nez. » De temps en temps la VHF crachait un message d'un autre bateau ou du port : « N'oublie pas de rapporter l'hélice de rechange du *Cambronne*. – Prévenez Colette que je suis en retard. »

*

Ce jour de printemps finissant, quand la mère et la fille arrivèrent dans l'île, fuyant les apprentis pyromanes et négligeant l'une son métier et l'autre l'école, le bateau, après une traversée sans histoires, longea le quai puis fut amarré dans un grand fracas de guindeaux et de filins. Du pont, elles repérèrent tout de suite les figures habituelles. La Germaine, qui tenait le kiosque de la place, grosse et hommasse, toujours en noir, attendait la presse avec son charreton à bras. Le loueur de vélos, qui tenait boutique dans le renfoncement derrière l'église, guettait d'éventuels clients pour ses vieux vélos tous peints en rouge. Tout comme le garagiste, propriétaire de la quasi-totalité des moyens de transport de l'île, était là avec l'unique taxi, un G7 parisien massif d'avant-guerre noir et rouge, qui avait gardé ses coussins de velours. Vu la rareté des touristes, il n'avait pas jugé utile de sortir aussi le car décapotable aux multiples portières, un engin antédiluvien venu tout droit d'un album de *Bécassine*. Plus loin les Bigoudènes, coiffes démesurées sur la tête, rangeaient leurs étals, signe que la saison de la sardine commençait : elles venaient du Finistère s'installer dans l'île au début de l'été, pendant que leurs maris pêchaient au large et relâchaient régulièrement au port. Elles vivaient à part de la population, mais on les acceptait. Ce n'était pas le cas des femmes des pêcheurs espagnols.

Figure plus insolite, mais qu'elle connaissait déjà pour l'avoir vue à Noël et à Pâques, un grand homme à barbe grise se tenait très droit, dans une longue djellaba brune, un bouquet de fleurs à la main – les derniers mimosas de l'île finissaient de fleurir à l'abri des cours cachées derrière les maisons du port. Il était venu accueillir des amis : on disait qu'il recevait beaucoup de visites, souvent des gens importants, de tous les coins de France. À quelques pas de lui se tenait un petit groupe de CRS, qui le suivaient toujours. Le père avait expliqué : c'était un chef historique algérien, jadis à la tête d'un mouvement politique puissant qui s'opposait à la colonisation, mais aujourd'hui contesté par ceux qui faisaient la guerre aux Français pour leur indépendance. Pourquoi contesté ? Ça, c'était un peu plus difficile à expliquer, mais enfin, c'était ainsi. Il s'appelait Messali Hadj, et il était là en « résidence surveillée ». Il n'était pas le premier, ajoutait son père, repris par ses velléités pédagogiques, à avoir subi la relégation dans l'île. Relégation, ça voulait dire quoi ? Une manière de se débarrasser de gens gênants. Autrefois, on les emprisonnait carrément dans la citadelle : ses murs avaient vu défiler beaucoup de prisonniers politiques célèbres, et ils y étaient très malheureux dans d'affreux cachots. « Mais qu'est-ce qu'ils avaient fait ? Et comment ils s'appelaient ? – Eh bien, il y avait Blanqui, par exemple. – C'était qui, Blanqui ? – Un révolutionnaire. » Mais est-ce que la

France n'était pas justement le pays où l'on avait fait la Révolution, celle que l'on fête tous les ans sur le port, celle du 14 Juillet des bals et du défilé des pompiers, avec leur capitaine en tête qui n'était autre que le loueur de vélos ? « Oui, mais, lui, ce qu'il voulait faire, c'était une autre révolution. – Il n'avait pas raison ? – Je crois que si, mais peut-être qu'il n'avait pas trouvé la bonne manière, enfin je t'expliquerai plus tard. » Plus tard, toujours plus tard. Il faudrait, quand même, pensait confusément la petite fille, qu'il ne tarde pas trop, attention, le temps passe vite, et si ça continue, il n'aura pas le temps de me dire toutes ces choses qu'il a dans la tête et que je voudrais savoir comme lui. Et peut-être qu'il n'en aura plus envie, ou même qu'un jour il sera vraiment trop tard ? « Mais, ce Blanqui, est-ce que ce n'était pas lui qui avait eu une maison, entre chez nous et le phare ? – Non, tu mélanges tout, cette maison-là, cette belle maison, on dit qu'elle a appartenu à celui qui a dénoncé Blanqui une nuit où il s'était échappé, et qu'il l'a construite avec l'argent reçu en récompense. – Pourquoi il l'a dénoncé ? C'est mal. – Oui, c'est mal. » Elle lui demandait aussi comment ce Blanqui passait son temps dans sa prison. Il lui expliquait qu'il réfléchissait à la manière dont il s'y prendrait pour réussir enfin à faire la révolution quand il sortirait. Et aussi à imaginer des livres sur le ciel et les étoiles, auxquels il devait rêver dans l'obscurité du cachot.

Les gens de l'île respectaient l'homme à la djellaba, ils l'appelaient simplement Messali, et puis ils n'avaient pas tellement de distractions. Il vivait dans une villa proche du port, isolée sur un rocher dominant la mer. On disait que son grand plaisir était de descendre tous les jours, par tous les temps, à la petite crique sous la villa, et de nager le plus loin possible vers le large. Les CRS le suivaient comme ils pouvaient en ramant dans une barque, sans quitter leur uniforme et leur pistolet. Des années plus tard, les vieux de l'île parlent encore du « temps de Messali » comme d'un repère mémorable dans le passage de leurs ans.

*

Sur le quai, il y eut des retrouvailles, des conversations, des promesses de se revoir. Puis la halte obligée dans l'ombre accueillante du café-hôtel La Frégate : un café et un verre de muscadet pour sa mère, et pour elle la triste grenadine à laquelle, même en l'absence de son père, il était dit qu'elle ne pouvait échapper. « Il faudra quand même qu'un jour je leur dise. » La salle basse était presque vide. Ce n'était pas à cette heure qu'on aurait la chance d'y trouver l'ombre blanche et aveugle d'Arletty, fidèle à l'île, venue de la petite maison aux volets bleu pastel, située dans un minuscule hameau, ouverte au grand large et en proie aux vents de la côte sauvage. Il y avait déjà un an que ses parents avaient mené leur fille voir *Les Visiteurs du soir* et ces *Enfants du Paradis* qu'elle reverrait encore bien des fois dans sa vie. Quand Arletty était là, pas besoin de se retourner pour, à sa voix, deviner sa présence, comme si, en elle, cette voix presque familière, tout droit sortie du film, l'en avertissait : *Attention ! Objet d'art !* Des peintures et des photos de bateaux ornaient les murs sombres, et, dans un coin, un panneau portait des lettres qui attendaient d'hypothétiques destinataires dont les noms étaient suivis, en guise d'adresse, de la mention « à bord du *Tiburon* – ou de la *Santa Espina*, ou de la *Belle Anaïk* –, aux bons soins de la Frégate », suivie du nom de l'île et du département. Elle imaginait des voiliers de légende. Relâcheraient-ils vraiment un jour dans le port ? Les lettres arriveraient-elles vraiment dans les mains de ces mystérieux navigateurs ? Certaines disparaissaient régulièrement, mais il en était une qui avait attendu plus d'un an.

Puis elles allèrent chercher le propriétaire du taxi dans son café à lui, au fond d'une cour, où elles savaient trop bien qu'il avait l'habitude de s'éterniser en buvant le coup avec ses amis. Elle aimait aussi aller dans ce café, il était plus vivant et très enfumé, on y jouait aux cartes, et le patron qui ne souriait jamais servait des crêpes et du caillé, mais, quand même, elle s'y sentait intimidée. Dans les discussions qui s'entrecroisaient, elle retrouvait ce parler net et bref de l'île qu'elle essayait d'imiter, cette manière de serrer les mots comme s'il fallait arriver très vite au bout de la phrase, en marquant un temps d'arrêt avant la suivante – si tant est qu'il y en ait une, car les gens de l'île étaient économes de leurs phrases comme du reste. C'était, prétendait son père, à cause du vent qui les forçait à se dépêcher pour tout dire entre deux rafales. Elle lui avait demandé aussi pourquoi presque personne, dans l'île, ne parlait breton. Parce que, avait-il répondu, il y a eu ici trop de navigateurs qui ont vu trop d'autres terres, et trop de garnisons qui ont vu trop d'autres guerres, et puis peut-être aussi parce qu'il y a eu les Acadiens. C'est comme ça que, lentement, le breton s'est effacé. « Les Acadiens ? – Oui, des pauvres gens chassés du Canada, et que l'on a installés dans l'île de force, il y a trois siècles. Ta mère doit en avoir parmi ses ancêtres. »

Le chauffeur les embarqua enfin, et ils grimpèrent la grand-rue jusqu'au tunnel de la porte Vauban, débouchèrent sur le plateau ras, suivirent la route étroite au goudron semé de nids-de-poule qui traversait l'île dans sa largeur jusqu'au grand phare, entre les champs coupés çà et là, pour les protéger du vent, de haies basses de cyprès, qu'il était d'usage chez les îliens d'appeler des cuprissius. Il n'y avait pas d'autres arbres, seulement ces haies, sur l'étendue à peine ondulée, où saillaient par endroits les taches blanches et noires de hameaux aux maisons serrées. Ils passèrent, au centre de l'île, le carrefour des Quatre-Chemins, croisement avec l'autre route, celle que l'on appelait la route stratégique et qui, elle, parcourait l'île dans sa longueur. Après le village du centre, ils descendirent dans le vallon sombre et embroussaillé, celui qui jouxtait le cimetière, remontèrent sur la lande où les cultures alternaient avec les buissons de genêts et d'ajoncs épineux. Les genêts en pleine floraison formaient de grandes masses jaunes, et, dans les champs, le blé encore vert portait déjà des épis barbus. Puis ils obliquèrent à gauche pour prendre un chemin empierré plus sinueux, légèrement pentu, en suivant de vagues vallonnements. On revoyait déjà miroiter la mer, au loin, derrière le hameau, leur hameau. Bientôt apparut leur maison, à l'écart sur son talus, entourée de tamarins et de cuprissius que ses parents avaient laissés grandir plus qu'il n'était habituel dans l'île. « La tempête vous les déracinera », disait le voisinage, et le voisinage n'avait pas tort. Les cuprissius ne portaient de branches que sur le côté opposé aux vents dominants, auxquels ils n'offraient que leur tronc nu, et chaque année, ainsi déséquilibré, l'un d'eux se couchait, exhibant ses racines emmêlées qui n'avaient pu s'enfoncer profondément dans le socle rocheux. Tant mieux, disait le père, nous aurons du bois pour la cheminée. Comme toutes les maisons de l'île, la leur n'était qu'un rectangle de pierre chaulée au toit d'ardoises, orienté dans le sens du vent. Pour la famille, elle était pourtant unique, et peut-être son isolement y avait-il sa part. C'était « la » maison, à nulle autre pareille. Un jour, un invité avait demandé son nom. Elle n'avait évidemment pas de nom. Mais la mère ne s'était pas laissé démonter pour si peu. « Ker-Kastel », avait-elle répondu fièrement. Ils en riaient encore.

Ils n'avaient pas rencontré une seule voiture. Le taxi les laissa au bord du hameau, à l'entrée du chemin de terre, pour lui impraticable. Il fallut, pour ouvrir la porte, casser un nouveau rejeton printanier du figuier et forcer un peu, car l'humidité avait gonflé le bois de l'huis. La mère ouvrit les volets. La petite fille monta dans sa chambre, sous le toit. Elle alla à la fenêtre. Au-delà des dernières ondulations de la terre et de la ligne délimitant les hautes falaises, elle ne vit plus que la mer, à perte de vue.

Elle en oublia même, un temps, de libérer enfin le chat. Il fila aussitôt se réfugier au sommet du plus gros cuprissius, et ce fut toute une histoire pour l'en déloger.

2.

L'oncle avait été pilote. Là encore, c'était difficile de faire la part de la réalité et de la légende. Il était avéré qu'il avait, dans la première partie de sa vie, navigué sur les navires de l'État. On y prenait tôt sa retraite, et c'est en revenant dans son île natale qu'il s'était construit cette maison sur cette très légère éminence, un peu distante du hameau. Le hameau, lui, était plus proche de la mer, mais tapi pour s'abriter du vent dans le débouché du vallon, juste avant la descente finale de celui-ci, au creux d'une faille dans la côte abrupte de rochers chaotiques. Ainsi située face au plein sud, la maison offrait, des deux mansardes de l'unique étage, une vue qui couvrait l'horizon marin d'une extrémité à l'autre des deux points latéraux de la rose des vents. À l'est, entre elle et la mer, rien, construction ou arbre, ne faisait obstacle, à part très brièvement, sur une avancée de terre, le bâtiment blanc et le mât du sémaphore. À l'ouest, les toits du hameau marquaient aussi une brève interruption, puis, au-delà du creux du vallon, c'était de nouveau la lande rase, avec pour seuls amers un hôtel discrètement abrité derrière des cuprissius, que l'on appelait le Manoir, jadis édifié par un riche propriétaire, et très loin, minuscule, la grosse guérite en ciment abritant la corne de brume entre deux murs s'évasant vers le large. L'île était la première terre d'Europe qu'apercevaient les navires à voile ou à vapeur qui venaient des Amériques et se dirigeaient vers Nantes ou Saint-Nazaire, et, à l'époque de l'oncle, ils avaient besoin d'un pilote pour les guider plus loin, dans l'estuaire de la Loire. Là s'arrêtaient les certitudes. Le temps ayant fait son travail et les anciens du pays restant assez vagues sur les modalités des manœuvres qui suivaient, la suite n'était que supputations fluctuantes. Tout ce qu'on pouvait en retirer était que, de tout temps, les pilotes avaient été des personnages respectés, ce qui correspondait bien à la réputation de l'oncle.

La version communément admise dans la famille, cependant, était que l'oncle disposait, dans l'encadrement d'une mansarde, d'une forte longue-vue fixée à demeure sur son trépied, et que, de là, il montait une garde vigilante. Dès que, à l'ouest, une voile ou une cheminée se dessinait sur l'horizon, il se précipitait dans son embarcation pour aller au-devant du navire et lui offrir ses services. Une fois arrivé à bon port, sa mission accomplie, il s'arrangeait pour trouver un autre navire à piloter en sens contraire, sa barque toujours en remorque. À partir de là, les versions divergeaient. Certains prétendaient qu'il courait d'abord au sémaphore pour négocier sa venue par signaux optiques. Mais où sa barque était-elle postée ? Était-elle échouée sur la minuscule plage de galets, juste au-dessous du village ? On y voyait bien les restes rouillés d'un antique treuil, mais l'étroitesse de l'échancrure dans les rochers et la présence d'un gros îlot qui en commandait l'accès n'en faisaient-ils pas un havre trop incertain ? Ou alors était-elle ancrée dans la profonde ria qui, non loin de là, pénétrait très avant dans la côte, à la faveur du vallon suivant ? Elle offrait un abri plus sûr, aux eaux d'un bleu très pur, et protégé de tous les vents, où d'ailleurs, chaque été encore, des pêcheurs de Douarnenez ou du Guilvinec venaient relâcher. C'était donc l'hypothèse la plus probable. Restaient les questions sur la nature même de l'embarcation : un simple canot ? Quelles que soient les légendaires qualités de l'oncle, on le voyait mal gagner le large à la seule force de ses rames. Une sorte de chaloupe à voile ? Mais alors, la manœuvrait-il seul ? N'avait-il pas un acolyte ? Autant de questions sans réponses.

Là-dessus, très tôt, la petite fille avait découvert un autre mystère : nulle part, au cimetière, elle n'avait trouvé de tombe au nom d'Hervouët. Ou donc était enterré l'oncle ? Sa grand-mère restait évasive, elle prétendait ne pas se souvenir. Un jour, la petite fille annonça à son père qu'elle avait enfin la solution du mystère : par un soir d'hiver, l'oncle, comme à son habitude, avait pris la mer pour aller à la rencontre d'un énorme trois-mâts très noir. Or celui-ci n'était autre que le célèbre Vaisseau fantôme, celui qu'on appelait aussi le *Hollandais Volant*. Il était monté à bord et, depuis, on ne l'avait jamais revu. Pourquoi pas, avait répondu son père avec beaucoup de sérieux. Mais comment expliques-tu, alors, qu'on l'entende marcher sur le toit ? Elle avait réfléchi : c'était peut-être que les marins du Vaisseau fantôme avaient le don de se transformer en fous de Bassan. Pourquoi des fous de Bassan ? Parce que, sa grand-mère le lui avait tant de fois répété, c'étaient les seuls oiseaux marins capables de traverser les océans à leur guise et d'un seul coup d'ailes. « Eh bien, avait conclu le père, il faudra qu'un jour on rassemble tout ce qu'on raconte sur l'oncle et, avec ces histoires, toi et moi, ensemble, nous écrirons un livre. » Elle y repensait souvent et rappelait sa promesse à son père. Plus tard, disait-il, plus tard : quand j'aurai le temps.

*

Le premier jour, c'est toujours pareil : tout dans la maison suinte d'humidité. La peinture des murs est marbrée de taches et parfois se craquelle. Ses parents prétendent que, lors de la construction, l'oncle a mélangé le ciment à du sable des plages et à de l'eau de mer. Le père dit même que, de ce fait, il reste sensible à l'alternance des marées : avec le flux, les murs s'imbibent d'eau, et celle-ci se retire avec le reflux. Un jour de grande marée d'équinoxe, ajoute-t-il, le flux sera si fort que l'eau jaillira des murs et emportera tout. En attendant ce cataclysme hypothétique, on doit, dès l'arrivée, ouvrir grand les fenêtres et laisser pénétrer le vent et le soleil, quand ils sont au rendez-vous. Et déplier les draps pour qu'ils ne soient pas glacés le soir. Il faut que la maison respire. Il faut que la maison revive. Une maison, dit aussi le père, quand il est pris d'un de ses accès de lyrisme aussi forcés que ses crises de grossièretés, faite de vent, de mer, de nuages et de sable doré.

L'extérieur est simple. Côté nord, c'est-à-dire vers les champs de l'intérieur de l'île où paissent les vaches de la ferme du hameau, la porte principale en bois épais surmontée d'un rectangle vitré en manière d'imposte. Là, pas de mansardes dans le toit dont les ardoises verdissent. Côté sud, une autre porte, dans l'axe de la première, donne sur la cour herbeuse et close par un muret, et elle est également encadrée de deux fenêtres, tandis qu'à l'étage deux mansardes font face à la lande qui s'étend jusqu'à la mer. C'est à l'une d'elles que l'oncle était censé avoir posté son télescope.

Même simplicité pour l'intérieur. Un étroit couloir obscur traverse la maison dans sa largeur. De chaque côté s'ouvrent deux portes. À droite, la première donne sur la cuisine, la seconde sur ce qui peut être qualifié de salle de séjour. Ces deux pièces communiquent. À gauche, la chambre des parents et ce qu'ils appellent pompeusement la « chambre d'amis ». Elle est rarement inoccupée, car ils accueillent beaucoup d'hôtes de passage. Près de la porte du nord, à droite, un petit escalier en bois monte du couloir à l'étage sous les combles divisés en deux. D'une part, une vaste pièce qui est le royaume de la petite fille : les murs suivent la pente du toit, coupés par le plafond bas. De l'autre, la charpente est à nu et fait penser à l'intérieur inversé de la coque d'un bateau. D'ailleurs, toute la maison, surtout par grand vent, fait penser à un bateau : elle craque, elle tangue, elle gémit, elle roule. Elle pourrait sombrer ou s'envoler. Ou encore rompre son ancrage, déracinée comme les arbres.

L'escalier frôle à mi-hauteur l'imposte de la porte du nord et n'a pas d'autre éclairage. Quand la petite fille monte dans sa chambre à la nuit tombée, les deux faisceaux tournants du grand phare passent toutes les dix secondes à travers la vitre de l'imposte et frappent, un bref instant, le mur et les marches d'une violente lumière jaune. Puis, avec la même violence, tout est replongé dans le noir. Depuis longtemps, elle a décidé qu'elle devait impérativement franchir l'escalier dans l'intervalle qui sépare les passages. Au pied des marches, elle retient sa respiration, et dès que la lumière s'est éclipsée, elle se rue pour atteindre le haut avant la venue de la suivante. Au début, c'était comme un jeu. Juste pour se faire peur. Avec le temps, la peur est devenue réelle. Il faut absolument qu'elle atteigne sa chambre sans être touchée par ces rayons maléfiques. Ce n'est qu'arrivée dans son lit qu'elle se sent à l'abri. De là, elle voit encore, de l'autre côté, la lumière plus diffuse qui se perd dans le ciel, s'infiltre à travers les fentes des volets et balaie le plafond, mais bizarrement, comme la corne de brume, ce n'est plus qu'un élément de l'ambiance familière, qui, loin de l'apeurer, la berce dans son sommeil.

Entre les deux espaces sous les combles, juste face au débouché de l'escalier, il y a encore un réduit, à peine une vraie chambre, éclairé par une lucarne. Il est vide, et ses parents disent que c'est là que logera le petit frère qui viendra un jour. Elle l'attend. Elle sait qu'elle l'aimera de toutes ses forces. Elle le protégera. De fait, il viendra, un an plus tard. Il sera encore plus beau qu'elle ne l'avait rêvé. Mais ce qu'elle n'avait pas prévu, c'est qu'il grandira si vite, qu'il sera bientôt si grand et si fort que c'est lui qui la protégera.

Accolé au pignon ouest, il y a un de ces appentis que, dans l'île, on appelle curieusement une écurie, alors qu'un cochon y tiendrait à peine. On y remise le charbon pour la cuisinière, car, même avec les arbres abattus par le vent, le bois suffit à peine à alimenter, les rares fois où l'on y allume du feu, l'unique cheminée, celle de la salle de séjour. Or dans l'île le bois est un produit rare. Il est admis depuis des siècles que les arbres ne peuvent pas grandir sur le plateau rocheux exposé aux tempêtes. Les seules exceptions sont les marronniers qui entourent la citadelle et s'étagent au-dessus de l'arrière-port, et, au centre de l'île, un grand bosquet de pins planté il y a une centaine d'années. Ce n'est qu'au creux des vallons où coulent les ruisseaux que peuvent trouver un abri, au milieu des broussailles, quelques saules, hêtres ou acacias, touffus mais chétifs. Le père dit que c'est un préjugé, une croyance erronée. Il prétend qu'en réalité cela vient du temps où les seigneurs jouissaient, sur les terres de leurs paysans, d'un droit exclusif sur l'usage du bois de tout arbre atteignant la taille d'un homme. Donc les paysans ne voyaient aucun intérêt à laisser croître autre chose que leurs haies coupe-vent. Là-dessus, la mère s'énerve en répliquant que, décidément, les gens qui ne sont pas nés dans l'île et qui continuent d'y venir en touristes pour utiliser la maison des autochtones comme leur résidence secondaire inventent n'importe quoi pour se donner de l'importance, et puis que d'ailleurs ça ne l'étonne pas de lui, parce que c'est, une fois de plus, la preuve qu'il ne peut pas s'empêcher de fourrer partout ses « indécrottables schémas marxistes ». Le ton monte, le père rétorque que, lui au moins, il n'a pas été élevé chez les bonnes sœurs. « Et puis, ajoute-t-il en ricanant, on sait où ils allaient le prendre autrefois, leur bois, les habitants de l'île. – De quoi parles-tu ? demande la mère qui connaît déjà la réponse. – Tu sais bien : les vaches qu'ils promenaient le long de la côte sauvage par les nuits de tempête, avec des lampions entre les cornes. Les navires en perdition qui croyaient apercevoir les lumières d'un port et venaient se fracasser sur les brisants… Le lendemain, c'était jour de récolte. Et quelle récolte ! – Parce que, maintenant, tu nous traites de pilleurs d'épaves et de détrousseurs de cadavres ? Tu nous confonds avec les naufrageurs de Sein ? Encore un coup de ton folklore de Parisien ! » Du coup, elle crie, les gros mots pleuvent, il n'est plus du tout question des arbres ni de l'île et ils sont très fâchés l'un contre l'autre. Il faut bien admettre que ça leur arrive trop souvent. Et toujours, juge la petite fille, pour des choses idiotes.

L'hiver, la cuisine est le seul lieu de la maison où il fait chaud. On y alimente régulièrement la cuisinière que la grand-mère appelait « le calorifère de l'oncle », une chose tarabiscotée et émaillée d'un vert sombre. On dispose aussi d'un énorme engin brunâtre de forme étrangement aérodynamique, posé sur des roulettes qui permettent de le promener de pièce en pièce : un poêle à gaz butane aux flammes bleues dont les effets sont assez douteux. Par chance, les hivers sont doux dans l'île, où, dans les cours protégées du port, on peut même découvrir, aux côtés des mimosas, des petits palmiers qui protègent leurs troncs par une épaisse filasse. La cuisine est aussi le seul point d'eau de la maison. Du temps de l'oncle, il fallait aller puiser l'eau au puits, dans la cour. C'est un puits très profond, protégé par une guérite en pierre que ferme une porte. La vieille pompe à bras qui y est accolée est à bout de souffle, elle produit à grand-peine autant de borborygmes et de gémissements lugubres que d'eau. En attendant de la remplacer, il est plus simple de descendre le seau au bout d'une corde qui coulisse sur un palan en bois, de ceux qui gréaient les bateaux à voile. Mais les parents ont installé dans la cuisine, au-dessus de l'évier de grès, une petite pompe très pratique, très moderne, une jolie barre métallique qui, par un simple mouvement de va-et-vient, fait couler l'eau du puits en abondance. On se savonne à tour de rôle dans un grand tub en plastique, après avoir fait chauffer l'eau dans la lessiveuse. L'été, on peut se doucher dans la cour avec le seau du puits.

Les meubles les plus remarquables sont deux armoires et de gros coffres sombres. Sur le dessus de ceux-ci est disposé un grand désordre d'objets hétéroclites que la mère appelle « ma collection » : cela va de phares en plâtre sur des socles figurant une mer déchaînée, bleu turquoise des vagues ponctué des taches blanches de l'écume, à des personnages entièrement en coquillages. Y abondent aussi des coraux blancs que la mer a usés comme des galets, des hippocampes séchés, et même des boîtes de sardines vides dont, paraît-il, les illustrations sont des œuvres d'art – et en art, elle s'y connaît ! La petite fille, elle, garde dans sa chambre, des bouteilles remplies de petits morceaux de verre ramassés sur les plages, que la mer a roulés et dépolis et qui, dans l'eau qui les baigne, prennent toutes les nuances d'un vert irisé. Est-ce que c'est pour avoir vu souvent son père répéter les gestes de sa propre enfance en scrutant le sable ou les galets qu'elle s'est à son tour attachée à cette quête du beau et de l'inutile ? Toujours est-il que c'est devenu, entre eux, comme un concours à qui en rapportera le plus.

Remarquable aussi est la grande gravure encadrée au-dessus de la cheminée : deux jeunes gens en péplum traînent un char gros comme un mausolée sur lequel trône une femme majestueuse. Dessous, le titre : *Cléobis et Biton*. Elle en connaît la légende par cœur : « Un jour que leur mère devait se rendre pour un sacrifice au temple d'Héra et que les bœufs devant traîner son char tardaient à venir, ses deux enfants, les jumeaux Cléobis et Biton, n'hésitèrent pas à s'y atteler eux-mêmes. Arrivés au temple, ils furent salués par les acclamations de la foule, émue aux larmes par ce touchant exemple de piété filiale. » L'histoire devrait s'arrêter là, mais le père, décidément rabat-joie, ne peut s'empêcher de rappeler la suite : émue, elle aussi, dit-il, par « ce touchant exemple de piété filiale », la déesse en personne décida de le récompenser sur-le-champ et ne trouva rien de mieux que de plonger les jumeaux dans un sommeil éternel. Grave sujet de discussion familiale : est-ce vraiment là une récompense ?

Contre le mur du salon, le piano de la grand-mère est plus désaccordé que jamais. Au coin de la cheminée est appuyée contre le mur une énorme ancre à jas rouillée et rongée de sel, de celle que les marins de jadis appelaient ancre de miséricorde, que le père lui-même a du mal à soulever. Elle prend beaucoup de place, mais les parents semblent y tenir. Non, ce n'est pas l'ancre de la barque de l'oncle, et d'ailleurs celle-ci en aurait-elle supporté le poids ? En vérité, ils l'ont ramassée un soir à la sauvette, profitant de la marée basse, dans la vase de l'arrière-port, et ils ne sont pas très au clair sur la légitimité de leur acte. Était-elle vraiment abandonnée, ou servait-elle toujours de corps mort pour un mouillage à marée haute ? Dans le second cas, prétendait la grand-mère, ils auraient commis un vol inexpiable. Sur la tablette de la cheminée est disposé un objet précieux et fragile. Coiffée d'une cloche en verre qui servit probablement jadis à protéger une couronne de mariée, navigue pour l'éternité une jolie goélette, toutes voiles dehors, œuvre patiente du voisin retraité qui débuta sa carrière de matelot sur un des derniers cap-horniers. Rien ne manque au gréement et à l'accastillage. Tous les filins, drisses et haubans y sont, et les poulies et palans sont des perles minuscules prélevées au cimetière sur des couronnes mortuaires.

La cour est protégée du vent par un muret que surmontent de hauts fusains au feuillage épais. Une vieille vigne tente encore d'accrocher ses tiges noueuses à des fils de fer rouillés. Des iris continuent d'étendre leurs rhizomes à ras de terre et parviennent même à fleurir. Derrière le muret se trouve le jardin proprement dit, l'ancien potager de l'oncle, laissé pour l'heure à l'abandon. Çà et là, au milieu des herbes folles qui jaunissent l'été, survivent quelques groseilliers, un abricotier malingre. Aux coins, des figuiers que le vent empêche de pousser droit n'en finissent pas d'étendre leurs tentacules et de ne produire que leurs fruits inutiles. Devenue grande, la petite fille fera renaître le jardin. Tout au fond, la cabane en pierre des cabinets. Son toit abritait autrefois un colombier. Et si c'était là un autre secret de l'oncle ? S'il avait correspondu avec les navires au large par pigeons voyageurs ? Enfin, cernant l'ensemble, un mur à hauteur d'homme dont le faîte était jadis semé d'éclats de verre : toujours la hantise des rôdeurs. Mais cela fait longtemps que le père les a écrasés à grands coups de masse.

*

On était au cœur du mois de juin quand le père vint les rejoindre. Ses derniers reportages algériens avaient valu au magazine pour lequel il travaillait deux saisies successives. Son rédacteur en chef avait reçu, outre quelques coups de fil polis mais fermes du ministère de l'Intérieur, des menaces de mort, anonymes celles-là, mais plus fermes encore. De ces dernières, peut-être le père en avait-il reçu aussi, mais il ne le dit pas. Il pensait d'ailleurs, non sans bon sens, que quand on veut tuer quelqu'un pour de bon on ne le prévient pas. C'était l'époque où, en Algérie, l'armée continuait de répéter, imperturbable, son sempiternel slogan du « dernier quart d'heure » : les terroristes étaient en passe d'être définitivement liquidés, écrire le contraire, c'était démoraliser l'armée, et démoraliser l'armée, c'était attenter non seulement à l'honneur de nos soldats mais aussi à la sûreté de l'État. Il y avait encore un bel avenir pour la France de Dunkerque à Tamanrasset. Ceux qui se permettaient d'en douter constituaient l'anti-France, sordide ramassis d'individus stipendiés par l'étranger. Heureusement, ils n'étaient pas nombreux et on les tenait à l'œil. Et donc, la situation étant ce qu'elle était, la direction du magazine avait suggéré à l'auteur des reportages incriminés que quelques mois de repos, c'est-à-dire de silence, lui feraient le plus grand bien. En toute amitié. En toute solidarité. On reverrait ça calmement à la rentrée.

La saison touristique n'était pas encore commencée, l'île s'éveillait juste de sa torpeur hivernale. Le bateau faisait désormais trois passages par jour, et le père arriva par celui du soir. Il resta pendant toute la traversée allongé sur un banc du pont : la brise était caressante, le soleil doux, la mer étale. À l'approche du port, il gagna l'avant et vit de très loin deux silhouettes inégales plantées à l'extrémité de la jetée, se détachant sur la tourelle blanche du feu est de l'entrée. Elles faisaient de grands signaux avec les bras. De plus près, il lui sembla que la petite fille sautait à pieds joints. Et de plus près encore, il vit que ce n'étaient pas des sauts, mais une danse. Rien d'étonnant, parce qu'elle dansait à toute heure du jour, et c'était bien pour cela qu'il l'avait surnommée Feu Follet. Sur le quai, quand il embrassa la mère et la fille, il se sentit une fois de plus léger et libéré. Comme si la mort était restée derrière lui, sur le continent.

Il en eut cependant un fugace rappel en apercevant le grand barbu, toujours bien droit dans sa djellaba brune, et son escorte bleue toujours armée. Et la rapide vision des gamins de la colonie pénitentiaire – rebaptisée centre d'éducation surveillée –, tous habillés de drap sombre et crâne rasé, qui rentraient au port de leur sortie hebdomadaire, obligatoire et supposée rédemptrice, en souquant ferme dans leur baleinière, lui fit souvenir, aussi fugacement, de ce que répétait la grand-mère : l'île, ce n'était pas toujours la Bibliothèque rose.

Il apportait avec lui sa précieuse machine à écrire portative Olivetti. Il avait bien l'intention de réunir ses reportages dans un livre. À l'époque, il croyait encore qu'un livre comme celui-là pouvait avoir de l'importance. Resterait ensuite, seul point d'interrogation, à trouver un éditeur un peu plus solidaire que le directeur de son magazine.

*

Toute sa vie, le père gardera de ce bref été dans l'île un souvenir radieux. En fait, dans sa mémoire, ce sera comme la somme concentrée de tous les séjours précédents, il y mettra tout ce qu'il a vécu et partagé jusqu'alors et qu'il ne revivra ni ne partagera plus longtemps, puisque, trois ans plus tard, cette famille, qu'il avait voulue et crue indestructible pour exorciser son propre passé détruit, se défera à jamais. Certes, le lien qui le tenait étroitement attaché à sa fille ne sera jamais vraiment rompu. Parce qu'on ne rompt pas cette singulière communion charnelle entre un père et son enfant, quand ce père l'a, depuis les premiers jours et tout autant que la mère, tenu dans ses bras, langé, bercé, nourri, quand il l'a veillé et consolé dans ses premières maladies et ses premiers chagrins, quand il lui a appris ses premiers mots, ses premiers jeux, ses premières chansons, quand il s'est senti désemparé devant ses premières rébellions, ses premières colères, ses premières peines trop inexplicables pour un adulte. Quand il a connu et respecté ses premières pudeurs et tâché, à si grand regret, de refréner son désir de percer ses premiers secrets. Cet été est le dernier où il a encore porté sa fille sur ses épaules lors des marches un peu longues, malgré la réprobation de la mère qui disait qu'elle avait passé l'âge de se faire porter. C'était vrai : elle n'était déjà plus ce poids presque aérien qui avait fait corps avec le sien. Mais il savait bien, lui, que dans le temps à venir, quand elle aurait encore grandi, il n'aurait plus jamais l'occasion d'éprouver cette sensation de fusion avec cet être issu de lui et pourtant déjà tellement étranger : il la verrait peu à peu s'éloigner, pour que, simplement – et heureusement aussi, il en était conscient, à la fois réjoui et inquiet –, elle « vive sa vie ».

Certes aussi, plus tard, il reviendra dans l'île quand, au fil des ans, la petite fille devenue grande en aura fait, toujours davantage, une partie vitale, la plus vitale peut-être, de son existence. « Je me sens devenir comme un arapède, disait-elle, il faudra bientôt un couteau pour m'arracher de mon rocher. » Il reviendra dans l'île et voudra continuer à partager cette passion qu'elle en gardera, de plus en plus forte. Il sera divisé entre la nostalgie et un perpétuel étonnement devant tant de changements : l'arrière-port transformé en parking aquatique pour la plaisance, les chemins désormais goudronnés et sillonnés de voitures qui, l'été, embouteillent les rues du port, les maisons poussant partout et transformant le paysage en tissu mité, les supermarchés remplaçant les sardineries parce que les bancs ont déserté la côte et qu'il n'y a presque plus de pêcheurs, la prolifération des crêperies, des pizzerias, des marchands de fringues, la corne de brume réduite au silence pour ne pas troubler le sommeil des clients de l'hôtel de luxe voisin où les nantis viennent pratiquer la thalassothérapie, le déferlement des touristes d'un jour qui ne sont pourtant ni bêtes ni méchants, et la plaie des avocats ténors du barreau, des chirurgiens célèbres, des banquiers branchés, des intellectuels revenus de tout sauf du fric et de leurs résidences secondaires aussi chères que chéries. Des résidences qui restent fermées, comme mortes, les trois quarts de l'année et sont entourées d'arbres, des vrais, qui un peu partout brisent le paysage, parce que c'en est fini du préjugé : on sait, maintenant, que certains arbres peuvent très bien s'enraciner dans le sol de l'île. Mais il devra reconnaître aussi que l'on vit mieux : les adductions d'eau pour tous, le collège qui a mis fin à l'exil des enfants sur le continent après l'école primaire, l'hôpital moderne au lieu de la vieille et triste bâtisse de l'arrière-port où les vieux finissaient leurs jours, la population sédentaire qui a doublé… Et puis qu'importe finalement puisqu'il retrouvera, inchangés, au-dessus de la maison, le passage des nuages, les alternances rapides de la pluie et du soleil suivant le rythme des marées, et, à quelques minutes du jardin si bellement refleuri, les caprices de la houle et du vent battant et caressant tour à tour les déchirures à vif de la côte sauvage ?

Plus tard encore, beaucoup plus tard, beaucoup trop tard, le père se demandera ce qu'il a su vraiment de l'enfance de sa fille dans l'île. Quelle est la part du fantasme et de la réalité dans ses souvenirs de leur vie quotidienne d'alors ? Il sait trop bien que les adultes ont la manie de réécrire constamment leur enfance, parce qu'ils ont besoin, sans s'en rendre compte, d'un refuge imaginaire pour fuir le présent. De même, ne sont-ils pas portés à se raconter, comme de belles histoires sans taches, celle de leurs propres enfants ? C'est trop facile de broder sur leur innocence heureuse, mais que savent-ils vraiment du mal, petit ou grand, qu'ils ont pu leur causer ? N'a-t-il pas été en réalité pour sa fille ce qu'avaient été dans sa propre enfance ces grandes personnes qu'il voyait passer devant lui, au-dessus de lui, comme des Ombres toujours distantes malgré leur intarissable et désolante bonne volonté ? Et si c'était à refaire… Questions sans fin et d'une infinie tristesse. Trop tard. Beaucoup trop tard.

*

Ce qu'il reverra, ce qu'il croira revoir, de cet été-là s'est pourtant gravé dans sa mémoire en images mouvantes et cependant indélébiles, lumineuses au point d'en être parfois douloureuses, comme trop de lumière sur un écran. Mais l'écran, c'est lui-même, et c'est surtout de cela qu'il souffre : de ne plus être qu'un écran, parce que, dessus, ne se projette plus la vie mais l'illusion dérisoire de vie que donnent les vieux films d'archives, même parfaitement conservés. Toutes ces images sont celles des moments passés ensemble : que sait-il des autres ? Que sait-il du temps, de tous les temps qu'elle passait seule, avec ses camarades ou avec d'autres que lui ? Que sait-il de ses espoirs, de ses déceptions, et surtout de ses rêves, si chers à la grand-mère. Ceux-là, il ne peut que les imaginer, et il apercevra bien, alors, toute la pauvreté de son imagination.

Imagination ou pas, il ne fait pas que voir. Il sent, il entend. Il sent sur ses épaules, quand ils suivent le sentier côtier, les jambes qui enserrent son cou, les mains qui se cramponnent à ses cheveux. Il devine la tête ébouriffée qui surmonte la sienne. Il entend la voix qui chantonne, sur un air inventé et jamais le même, les chantefables que la mère récite souvent avec sa fille : « Avez-vous vu le tamanoir, ciel bleu, ciel gris, ciel blanc, ciel noir ? » « Le grand ours est dans sa cage, il s'y régale de miel. La grande ourse est dans le ciel, au pays bleu des orages. » Il entend cette voix poser les questions, parce que cet été-là est, plus que jamais, celui des questions : pourquoi ci et pourquoi ça ? À chaque instant du jour, les parents sont sommés de donner un nom à tout ce qui attire son regard ou lui tombe sous la main, êtres vivants, objets inanimés. Et ça, ça sert à quoi ? Et ça, comment ça s'appelle ? Bêtes, fleurs, cailloux, tout y passe. Pour les oiseaux, c'est différent : c'est elle, maintenant, qui les leur nomme en continuant de scruter le ciel au-dessus des rochers et des vagues pour tenter, encore et toujours, de reconnaître le fou de Bassan. Elle ne désigne pas seulement les oiseaux marins, mais les craves à bec rouge des rochers, les mésanges charbonnières du jardin, les tourterelles au coin des champs. Elle veut tellement mettre un nom sur chaque bête ou plante rencontrée qu'ils ont fini par lui acheter un nouveau livre, le plus gros de tous, sur la faune et la flore de l'île.

Elle chante, et pas seulement les airs retenus depuis la maternelle : « Regardez là-haut ce qui monte au plafond / C'est une grosse bête qui roule à bicyclette / C'est un éléphant, mais oui évidemment... » Parce que c'est une famille où l'on chante beaucoup. Sur le tourne-disque posé sur un coffre, la mère écoute ses 78 ou ses

45 tours : Fréhel, Damia, les enregistrements grinçants d'Yvette Guilbert et d'Aristide Bruant, les chansons de Mac Orlan, *La Fille de Londres* – « Un Chinois est sorti de l'ombre / Un Chinois a regardé Londres / sa casquette était de marine / ornée d'une ancre coraline… » –, Florelle qui chante Kurt Weill, et *L'Opéra de quat' sous* : *La Complainte de Mackie*, *La Fiancée du pirate*, celle où il est question d'une femme qui nettoie les verres et les plats et qu'on appelle une Marie-couche-toi-là, mais qui rêve du jour où un navire de haut bord, cent canons aux sabords, bombardera le port.

Lui n'est pas en reste. Il s'accompagne à la guitare. En fait, il ne connaît que sept accords, quatre en majeur et trois en mineur, et encore, il ne place pas toujours bien ses doigts, mais enfin. Cela, sa fille ne s'en rendra compte que quand, plus grande, elle aura appris à en jouer *pour de bon*. Pour le moment, elle écoute des chansons un peu mélancoliques, souvent en espagnol : dans celles-là, il est question d'un héros nommé Pancho Villa, ou bien d'un soldat qui demande à sa bien-aimée, dans une lettre *écrite en or*, de lui envoyer son portrait pour qu'il la porte sur sa poitrine, tout près, tout près de son cœur.

Souvent, elle part seule au hameau. Elle va voir travailler le potier qui passe la moitié de son temps dans l'île et l'autre moitié dans sa boutique de Montmartre. Elle a le droit de pétrir la glaise pour esquisser des formes biscornues, elle le regarde quand, au tour, il fait monter entre ses mains, d'un tas de terre en vrac, des objets arrondis de plus en plus précis, de plus en plus lisses. Il lui dit de surveiller la cuisson à travers la lucarne en verre réfractaire. Il la laisse tenter de vernir des pièces qu'il n'a pas retenues.

Elle passe beaucoup de temps dans la petite maison la plus proche de la leur, où un couple de retraités lui fait boire ce qu'ils appellent leur piquette, et qui n'est en fait qu'un sachet d'acide citrique dilué dans de l'eau avec de vagues plantes de leur jardin. L'homme est cet ancien cap-hornier auteur du «voilier dans le vent», qui a navigué ensuite sur des cargos. Il raconte sans jamais se lasser la traversée sur le quatre-mâts barque qui allait charger du guano à Iquique. Elle était très longue, cette traversée, parce que l'équipage était trop peu nombreux, vingt-quatre hommes seulement, alors qu'il en aurait fallu bien plus à la manœuvre pour les changements de cap. On était forcé de tirer des bords de plusieurs semaines avant de doubler le Horn et de remonter la côte du Chili. La nourriture était détestable, «haricots noirs le matin, haricots rouges le soir», et, dans les calmes plats, ils restaient oisifs. C'est là que les anciens lui ont appris à travailler le bois et à fabriquer des bateaux dans des bouteilles. Aujourd'hui, il continue: il faut gréer les mâts et les voiles avec tout un réseau de fils, mais faire en sorte que ce gréement puisse rester mobile, couché sur le pont, afin de pouvoir le glisser par le goulot. Le moment magique, c'est celui où, une fois la coque introduite et bien installée dans la bouteille, on tire sur un fil, et les mâts se redressent. Ce travail d'extrême précision, il l'exécute avec des doigts épais et si déformés que ça semble impossible qu'il puisse y arriver: un index a été carrément écrasé par un espar, un autre doigt a été comme fendu à son extrémité et a perdu son ongle. Pourtant, il réussit toujours.

La femme n'est allée que deux fois dans sa vie sur le continent. C'était pour rendre visite à sa sœur, dont le mari gardait le phare d'un port proche. Tous deux ne tarissent pas d'histoires sur l'île. Il en est de belles, comme celle de la pêche aux mulets que l'on pratiquait une fois par an, à la période du frai. Tous les habitants du hameau, hommes, femmes et enfants, partaient au petit jour vers une grande échancrure de la côte, avec ânes, chevaux et charrettes. À marée haute, on en barrait l'embouchure avec un filet tendu d'un bord à l'autre. Quand la marée redescendait, les poissons qui voulaient la suivre pour regagner le large se trouvaient pris au piège. Au nouveau reflux, il ne restait plus qu'à les ramasser : on en remplissait des tombereaux entiers. Mais il est aussi des histoires plus tristes : celle, par exemple, des deux frères qui étaient partis pêcher sur la côte sauvage un jour de grosse mer. L'un d'eux avait été emporté par une vague, et l'autre l'avait tenu longtemps au bout de sa ligne. Les pompiers du port, alertés trop tard, n'ont trouvé que le frère resté sur les rochers, tenant encore sa ligne rompue. Histoire triste encore, mais aussi héroïque, celle de la femme du gardien du phare de la pointe est de l'île : une nuit de tempête, alors que son mari se mourait, le mécanisme de rotation du feu était tombé en panne et, des heures durant, elles et ses deux filles s'étaient relayées pour le faire tourner à la seule force de leurs bras.

De temps à autre, quand l'homme a pêché sur la

côte plus que le couple ne peut consommer, il vient à la maison apporter une vieille ou des pouces-pieds. Les deux sont considérés dans l'île comme des régals de choix, mais ni les parents ni la fille ne partagent cette opinion. La vieille est un poisson brunâtre à la chair grasse, jaune et fade. Quant aux pouces-pieds, la seule vue de cette chair rose sortant d'un tube noir caoutchouteux et terminée par une sorte d'ongle jauni – un vrai ongle de fumeur, dit le père – les met mal à l'aise. Ils préféreraient une daurade, par exemple, mais les îliens sont péremptoires : la daurade, c'est « trop sec ». Naturellement, ils se confondent en remerciements.

Il y a aussi la ferme, où elle retrouve des enfants de son âge. Cette famille n'est pas originaire de l'île. Elle est arrivée du Finistère dans les années vingt. À l'époque, l'île n'en finissait pas de se dépeupler. La population était passée de plus de dix mille habitants vers 1900 à moins de deux mille cinq cents et, pour lutter contre l'hémorragie, on avait fait appel à des travailleurs agricoles des départements bretons qui n'avaient pas de terres, afin de leur en attribuer. Le fermier est un petit homme rabougri, dur à la peine quand il a fallu remettre en culture les friches redevenues landes. Il a le parler court et difficilement audible, car il a été gazé en 1917, dans la Somme. Un grand moment, c'est quand on tue le cochon : les enfants assistent au spectacle, depuis l'égorgement dans un grand concert de cris lamentables qui vont decrescendo, jusqu'à la fabrication du boudin. La petite fille adore ça.

Elle accompagne sa mère quand elle va faire les

courses à la boulangerie du hameau voisin. Le plus court chemin est de traverser à pied le vallon et de remonter de l'autre côté, non loin du grand phare. Sinon, elles font le tour en bicyclette, sa mère s'arrête au café du Vieux Moulin, où elle bavarde toujours longuement. Il est tenu par un colosse, ancien gendarme de la Marine, qui a fait l'Indochine. Il n'en parle guère, mais la panoplie d'armes blanches de toutes sortes qui ornent les murs parle pour lui. Il a connu sa femme à Toulon, et elle en a gardé l'accent. « Elle est fardée comme une madone », dit la mère. Souvent, on voit descendre de l'étage un vieil homme taciturne, trapu, avec d'énormes moustaches jaunies par le tabac. Il y a quelque chose dans sa manière de s'enfermer dans son silence, indifférent à tout ce qui l'entoure, qui fait peur à la petite fille. « Il a l'air méchant, dit-elle à sa mère. – Je ne sais pas : tout ce que je sais, c'est qu'il a été gardien au pénitencier. – Quel pénitencier ? – Celui qui est au centre de l'île, où l'on enferme les jeunes délinquants. Tu en as vu quelquefois au port, quand ils passent en marchant au pas. – C'est triste. – Oui, c'est très triste. Autrefois, on les battait. – Je suis sûr que ce vieux-là les battait. – Probablement. Mais aujourd'hui, ça a changé. Les gardiens ont été remplacés par des moniteurs. – Tu crois que c'est mieux ? – Probablement. – Mais qu'est-ce qu'ils ont fait pour qu'on les punisse ? – Peut-être que, simplement, certains n'ont pas eu de chance. – Ils n'essayent pas de s'évader ? – Parfois, mais, quand ils volent une barque, les gendarmes les reprennent vite. Et s'ils veulent gagner le continent à la nage, ils se noient. »

Il y a donc aussi dans l'île des choses tristes, dont on évite de parler. C'est comme pour les marins perdus en mer. Ou comme pour l'oncle, disparu à jamais sur le *Hollandais Volant*. Elle imagine les garçons qui se noient en voulant retrouver la liberté. Elle repense aux fous de Bassan.

Deux ou trois fois par semaine, elles vont à bicyclette faire les courses au port. Cela prend toujours beaucoup de temps, car, de boutique en boutique, on a tant de choses à se dire. La mère achète les journaux chez la Germaine, avec qui elle discute politique : un échange mouvementé où la Germaine, qui ne mâche pas ses mots, à pour elle l'avantage de sa grosse voix d'homme. Pendant ce temps-là, la fille va flâner le long des quais, repérer les nouveaux voiliers arrivés, surtout ceux en bois qui viennent des Glénans et portent de si jolis noms, Corsaires, Kelts ou Muscadets, avec leurs équipages affairés dont elle espère faire partie un jour. Ensuite, il y a la halte obligée à La Frégate, en regardant les gens débarquer du continent. Et pour finir, la visite, dans une rue de l'arrière-port, d'une caverne d'Ali Baba, un bazar où l'on trouve tout ce dont on a besoin et plus encore ce dont on n'a pas besoin. Ce qui ravit la mère, c'est la grande inscription peinte sur toute la largeur du magasin, au-dessus des vitrines. Il y a bien longtemps, elle annonçait, comme il se doit : ARTICLES DE MÉNAGE. Mais avec le passage des ans, elle s'est tellement défraîchie que certaines lettres sont à demi effacées et qu'aujourd'hui on lit : ARTICLES DE MENACE.

Certains soirs, le chat monte dans la chambre de la

petite fille en portant entre ses babines un lézard avec lequel il a fini de jouer. Il renouvelle son manège et aligne ainsi au pied du lit, comme pour un délicat hommage, les minces corps sans vie, en quêtant des yeux, obstiné, des félicitations qui ne viennent pas.

*

Quand le père ne tape pas furieusement sur sa machine à écrire, avec trois doigts au maximum mais à une vitesse folle et si fort que la maison en est ébranlée, ils partent se promener, tantôt tous les trois, tantôt avec une bande d'amis. Les plages ne manquent pas, et chacune est différente. Celle qui est juste en dessous du hameau est encaissée entre les rochers, tapissée de cailloux, un peu sombre, mais l'îlot rocheux la protège des vagues trop fortes, elle est toujours déserte, on s'y sent un peu comme chez soi malgré la sauvagerie du paysage, et l'on y nage bien. « Tu es un vrai petit phoque », dit le père quand, ruisselante et toute luisante, elle sort de l'eau en frissonnant. À l'est, là où la côte commence à s'abaisser, une plage de sable s'enfonce profondément dans l'intérieur de l'île entre deux promontoires herbeux : celle-là même où les habitants du hameau faisaient jadis leur pêche miraculeuse aux mulets. Lorsque la mer se retire, elle y laisse une immensité nue de sable où affleurent çà et là quelques rochers noirs et lisses, qui font penser à des bêtes endormies. Quand elle remonte, elle s'y étend comme une nappe en feignant souvent le calme d'un lac. Et à l'ouest, du côté où les falaises deviennent abruptes, hérissées de dents pointues, s'étend aussi une large plage, ouverte, celle-là, à la houle du large. Les vagues y déferlent, hautes et brutales, c'est bon de sauter dedans ou de se sauver en courant pour ne pas se laisser rattraper, mais il ne faut surtout pas s'écarter du rivage, des courants dangereux ont vite fait d'entraîner les imprudents. À l'arrière-plan, le débouché de la vallée se termine par de grandes dunes, tapissées d'oyats et d'herbes hautes, que l'on gravit pour se laisser ensuite rouler jusqu'au rivage.

Presque au pied du sémaphore, un sentier amorce une descente vertigineuse le long des rochers. Bien qu'il ne soit plus entretenu et s'effondre même par endroits, une plaque rouillée du Touring Club de France le signale. Il conduit à une grotte en forme de tunnel, parallèle à la mer, si profonde et si longue que l'on distingue à peine le jour à l'autre bout. À marée basse, sous les énormes galets, c'est le paradis des crabes. À vrai dire, la petite fille trouve le lieu plutôt lugubre. Il y fait froid, dans la pénombre où suintent aux parois des algues visqueuses. Le père prétend y trouver des tourteaux, il s'épuise à force de retourner d'énormes cailloux, mais il ne capture jamais que des crabes tout en pattes qu'il baptise à tout hasard étrilles et qu'il faudra ensuite essayer courageusement de manger, quand ils auront bien rougi dans la casserole. Par chance, la mer, lorsqu'elle est au plus bas, laisse à découvert des colonies de moules que l'on peut ouvrir avec un canif : elle en a un, un petit Opinel qu'elle appelle son topinel, aiguisé et pointu, dont elle se sert très bien, rien à voir avec la lame arrondie dont devait se contenter son père au même âge. Il suffit ensuite d'un petit coup d'incisives pour arracher la chair de la coque et d'un petit coup de langue pour l'avaler. Le comble du raffinement est de croquer en même temps un brin piquant et iodé des cistes marins cueillis pendant la descente.

Elle préfère l'accompagner quand il va lui-même à la pêche. Ils descendent par des failles entre les rochers jusqu'à un replat qui domine encore d'assez haut l'océan. Là, on est face aux vagues, qui, de loin, semblent se précipiter sur la roche et vouloir la submerger, mais s'aplatissent au dernier moment pour venir docilement mourir à ses pieds. L'attirail est simple. C'est celui de tous les gens de l'île, qui ignorent ou méprisent cannes et moulinets des touristes. Il suffit d'acheter un fil solide de plusieurs dizaines de mètres et des hameçons. Pour les plombs, on les taille dans un vieux tuyau. Le bouchon est celui d'une bouteille fendu et peint en rouge. Tout l'art consiste à lover avec soin le fil sur le plat du rocher, puis à faire tournoyer l'extrémité plombée pour la lancer le plus loin possible. On amorce avec des vers de terre du jardin, mais ce n'est qu'un pis-aller. Les vers de vase, que l'on appelle des bucs, valent mieux, seulement il faut aller fouiller avec une bêche dans l'arrière-port à marée basse. Ou alors les acheter, par paresse, chez le coiffeur du port, ce qui est quand même tricher. Le meilleur appât reste la mèche de thon, que l'on peut se procurer aux conserveries : la mince partie, sous la tête, qui n'est pas mise en boîte. On en profite aussi pour se ravitailler en strouille, une bouillie gluante et bien odorante de têtes et de tripes de sardines, que l'on rapporte dans un seau et que l'on jette par poignées dans la mer pour attirer le poisson à l'endroit où l'on a lancé sa ligne.

La petite fille reste rencognée un peu plus haut dans un creux de rocher. Elle qui est si prompte à sauter, danser, gesticuler, chanter tout au long du jour, elle passe ainsi des heures, immobile et silencieuse, à observer son père, ou à garder les yeux obstinément fixés sur le minuscule point rouge du bouchon, très loin dans la houle, en attendant le moment décisif où il va s'enfoncer. Alors tout se passe rapidement. Le père ramène le plus vite possible le fil au bout duquel sa prise résiste en opposant à la traction mortelle des vrilles désespérées : une daurade grise appelée ici drevelle, ou parfois un chinchard, et beaucoup d'aiguillettes. Jamais, hélas, un tallien aux yeux cerclés d'or. Sitôt le poisson sur le rocher, et avant même de le décrocher, il l'assomme d'un grand coup de maillet en bois qu'il emporte toujours avec lui, pour qu'il cesse de se débattre, puis il lui ouvre le ventre pour le vider, et rejette tout de suite le contenu à la mer dans la direction où il relancera sa ligne. Pénible impression, quand même, que celle d'imaginer les poissons se précipiter voracement sur les tripes arrachées à leurs semblables et en principe leurs frères. Après ça, les choses se compliquent. Parce qu'en ramenant son fil il n'a pas manqué, dans sa hâte, de tout embrouiller. Alors il passe un temps fou à le démêler, en proférant force obscénités qui, couvertes par le martèlement continuel des vagues et le grondement des déferlantes, ne parviennent pas jusqu'aux oreilles de l'enfant. Ou, du moins, c'est ce qu'elle prétend. Allez savoir.

De sa niche de pierre, il lui arrive aussi de porter son regard plus au large. Une voix lui chuchote : « Moi, il me suffit de regarder la mer, et je ne m'ennuie jamais. » C'est vrai. Quand elle suit, par exemple, le dur labeur du cormoran qui pêche. Très digne, il sillonne la houle parallèlement à la côte, le cou noir bien droit. Et puis soudain il plonge, disparaît un moment, et ressurgit en tenant en travers de son bec un poisson argenté. Ensuite commence une longue série d'efforts pour parvenir à faire tourner, sans la lâcher, la proie qui se débat, de manière à ce qu'elle se présente dans le sens de la longueur. Seulement alors, il pourra l'engloutir. Ce n'est jamais gagné d'avance, et c'est ça qui est fascinant. Le père prétend même avoir vu un jour un cormoran jongleur qui, d'une brusque torsion de la tête et du cou, lançait le poisson vers le ciel et le rattrapait au vol, tourné dans la bonne direction. Mais ça…

Le père affectionne un autre coin de pêche, celui-là se cache dans une anfractuosité abritée, au ras de l'eau : sa fille peut se tenir sans danger près de lui. Il n'en parle à personne, c'est un secret entre eux. Il y pêche sans bouchon en laissant tomber directement la ligne plombée sous le rocher, où il y a beaucoup de fond. Elle a le droit de tenir la ligne, mais dès qu'elle sent la secousse, elle sursaute, elle danse, elle pousse un cri de victoire, entre frayeur et joie, pour appeler son père. Ils remontent des lieus noirs ou jaunes et des congres. De ceux-là, surtout les plus gros, il lui demande de s'écarter, car ils sont difficiles à saisir tant ils se tortillent furieusement, et ils mordent. Au village, on a d'ailleurs montré à l'enfant un gros homme auquel il manque un pouce : on lui a dit que c'est un congre qui le lui a tranché. On raconte aussi qu'un jour un pêcheur, en ouvrant le ventre d'un congre, a trouvé dedans une alliance. Encore une fois, allez savoir… Toujours est-il que le père empoigne son couteau et entaille net le congre juste derrière la tête, ce qui n'empêche pas celui-ci de continuer à se débattre. Les congres ont la vie dure. Elle a vu, dans la cuisine, sa mère qui préparait le dîner en découper un, pêché du matin, jeter les tronçons dans l'huile bouillante de la poêle, et les morceaux épars se mettre à s'agiter frénétiquement comme s'ils voulaient se recoller.

La petite fille ne sait pas, et ne saura jamais, qu'à chaque fois que le père tranche ainsi l'épine dorsale du congre et que coule un peu de sang pâle – car le congre, contrairement à d'autres poissons, saigne –, il ne peut empêcher que lui revienne en mémoire, lancinante, la voix d'un homme soûl qu'il a entendu répéter sans fin, une nuit, dans l'arrière-salle enfumée d'un café du port : « Et tu sais ce que je lui ai fait, à ce salaud de Boche ? Je lui ai mis le cou dans mon étau, j'ai serré à fond, et je lui ai scié la nuque avec la scie à métaux. »

Le soir, au retour, leur chemin longe un champ que le vieux Jérémie finit de labourer derrière son cheval, arc-bouté sur les deux poignées de sa charrue. Comme d'habitude, il leur parle du temps qu'il fait, de l'orage qui se prépare et qui lui en rappelle un autre, au large de Capetown ou de Valparaiso.

Elle arrive à la maison au coucher du soleil, qui disparaît dans un halo, présage effectivement d'orage. En sueur, le visage fouetté par tous les vents de la journée et brûlé par la réverbération de la lumière sur la mer, elle chante très fort, plus fort que jamais, elle refuse obstinément de se doucher à l'eau froide dans la cour, elle se met en colère, elle crie à ses parents qu'elle les déteste et repart encore courir dans le jardin et les champs. Elle ne veut pas aller se coucher, parce qu'elle souhaite de toutes ses forces, même la nuit venue, prolonger ce jour. Quand elle revient, assagie et de nouveau virevoltante, épanouie, son père prétend qu'elle ressemble à Puck, le génie joyeux et farceur des forêts dans les nuits d'été. Il se dit qu'elle doit être heureuse. Peut-être parce qu'en cet instant, si passager soit-il, il se sent lui-même heureux. L'est-il seulement de ce qu'il croit être le bonheur de sa fille ? Une fois de plus, encore et toujours, allez savoir. Plus tard, il se posera la question. Cette question-là, comme tant d'autres. Plus tard. Trop tard.

Après le dîner, il y aura toujours ce maudit phare qui la guette dans l'escalier, la charpente du toit qui craque, le figuier qui bat contre les vitres, des frôlements furtifs comme ceux des ailes d'un oiseau nocturne, le bruit amorti des discussions de ses parents, la musique du poste à transistor, et la maison qui continue de vivre sa vie comme si elle était éternelle. En attendant l'orage, qui ne se décide pas à venir.

*

Quand ils parcourent l'île à vélo, ils rencontrent partout les vestiges du passé. Souvent, c'est la petite fille elle-même qui questionne son père ; celui-ci est si content de sa curiosité qu'il a fini par ne même plus attendre les questions. Il pense qu'elle l'écoute vraiment, et il n'a peut-être pas tort. Ces vestiges qu'il essaye de faire parler, c'est comme une machine à remonter le temps. Cela commence avec les blockhaus du mur de l'Atlantique qui dominent et encadrent les plages et s'enfoncent dans la roche, énormes terriers douloureusement construits sous la contrainte pendant l'Occupation par les îliens eux-mêmes. Les chemins de terre qui mènent aux hameaux et que le temps a truffés d'ornières et de nids-de-poule où stagne l'eau des dernières pluies ont été tracés, eux, par les soldats allemands prisonniers de la guerre de 14-18 : avant, il n'y avait que des sentiers, suffisants pour le passage des ânes, aujourd'hui tous disparus. Sur un promontoire, derrière le sémaphore, des levées de terre sont encore repérables, même si le passage des ans les a lentement aplanies et a presque comblé le fossé qui les entourait : elles datent de l'époque, dit-il, où l'île était assiégée par les Anglais. Des ruines de murs, démantelés par les grandes tempêtes, quand la mer monte jusque dans l'intérieur des terres, barrent l'accès de certaines plages : ce sont des fortifications construites sous Louis XIV, avant même la construction de la citadelle de Vauban. Relevant enfin d'un temps légendaire, il y a, près de la côte sauvage, ce monticule formant un rectangle régulier et presque plat que l'on nomme le camp de César, sans savoir si César est jamais venu dans l'île : un camp romain, en tout cas, d'après la version communément répandue, mais ce n'est même pas sûr. Elle demande si on y a fait des fouilles. Le savoir du père ne va pas jusque-là, à tout hasard il répond que oui, mais qu'on n'a rien trouvé. « Et si on allait voir, nous ?… » suggère-t-elle, pleine espoir. Elle l'entraîne vers l'étrange colline, l'oblige à l'arpenter et à scruter le sol, entre pierraille, ajoncs et tapis de plantes rases et rêches. Tout ce qu'ils obtiennent, c'est l'envol de dizaines d'oiseaux marins. Très fière, elle les nomme à son père qui, lui, est à peine capable de distinguer une mouette d'un goéland. Aux mois de couvée, ceux-ci lancent des piaulements de colère, des cris presque humains, planent au-dessus d'eux et foncent brusquement sur leurs têtes jusqu'à les frôler, bec pointé. Elle prend peur. À vrai dire, son père aussi.

À l'extrême ouest, l'île s'avance dans l'océan, face à la plus forte houle. Une houle si puissante qu'elle semble venir de très loin, née sur les côtes d'Amérique : longtemps elle a essayé d'imaginer des gens debout comme eux sur cette rive d'en face, en train de regarder partir les vagues qu'elle voyait arriver. C'est leur plus longue et leur plus belle balade à bicyclette. On descend d'abord dans un vallon très profond. Puis la route remonte, et ils n'ont pas honte de mettre pied à terre. Au bout de la montée, ils découvrent une lande nue, balayée par le vent. Ce n'est pas seulement la fin de l'île, c'est comme la fin de toute terre : un finistère. Au-delà de la lande, droit devant eux, il n'y a plus que la mer à l'infini. Un peu sur la droite, on distingue par temps clair le vague contour d'une autre île, et encore plus à droite, en plissant les yeux, un minuscule trait blanc, vertical, qui signale l'entrée d'un port de guerre perdu dans une mince ligne dont on ne sait pas si elle est celle du continent ou d'un jeu des nuages.

C'est l'endroit où la côte est la plus haute et la plus déchiquetée, et la mer la plus profonde. Ici, dit-on, les nouveaux navires, au sortir des chantiers de Saint-Nazaire, viennent régler entre les deux îles leurs instruments de bord. Ce doit être vrai parce qu'un jour, en débouchant sur la lande, ils ont vu tout au bout, là où elle s'arrête d'un coup au-dessus de la mer, un spectacle insolite qu'ils n'ont pas immédiatement compris. De la lande émergeaient deux énormes cheminées rouges et noires. Ils ont pédalé comme des fous, et c'est seulement arrivés au bord de l'abîme qu'ils ont vraiment réalisé : à quelques encablures à peine, le *France* tout neuf faisait ses essais.

Traversant le désert de la lande, la route s'arrête à peu de mètres de la cassure des terres. Dessous, impossible à voir d'en haut, s'ouvre la plus célèbre grotte de l'île. La mer s'y engouffre à grand fracas, même par temps calme, et sa visite, en suivant un sentier balisé, est un des moments forts de ceux qui font « le tour de l'île ». Juste avant se dresse une étrange construction :

un long rectangle un peu délabré qui présente aux arrivants un auvent soutenu par des colonnes de fonte. On dirait une gare, à laquelle manqueraient le quai et les rails. C'est un très ancien hôtel, qui a connu son heure de gloire au temps où Sarah Bernhardt venait, en voisine, du château qu'elle s'était fait construire à côté d'un fort. Le château a brûlé pendant la guerre, la gloire n'est plus vraiment au rendez-vous. Mais, fidèlement, le propriétaire du car qui transporte les vacanciers visiteurs d'un jour vient s'y arrêter à l'heure du déjeuner. Pendant deux mois, l'immense salle toute en longueur se remplit d'une foule bruyante, et le muscadet coule à flots. Le reste de l'année, glaciale et humide, elle accueille encore, en amis, quelques rares habitués. Les parents de la petite fille en font partie. Ils viennent y décortiquer des araignées de mer et écouter les deux dernières héritières de l'hôtel parler des temps anciens, ces années bénies d'avant la Grande Guerre, celle de 1914, où l'on servait quotidiennement plus de deux cents couverts. La petite fille les trouve très vieilles, elles le sont d'ailleurs peut-être, mais toujours alertes. Et aussi intarissables, avec leur lot sans cesse renouvelé de récits captivants, où l'on peine à faire la part de la véracité et de la fable. Ainsi le mystère du couple qui est passé chez elles avant d'aller visiter la grotte et que l'on n'a jamais revu : on n'a pas retrouvé leurs corps, mais seulement, sur un rocher, une chaussure d'homme avec un bas de femme dedans. Ou la terrifiante histoire de la noce qui, après avoir festoyé, a voulu se faire photographier au bord de la côte avec la mer pour toile de fond, et à qui le photographe a demandé de reculer de quelques pas : la noce lui a obéi comme un seul homme, et ils sont tous tombés dans le gouffre. Pas un n'en a réchappé.

Beaucoup de peintres sont passés par ici, et leurs tableaux ornent les murs. Certains représentent ces dames au temps de leur jeunesse, pimpantes demoiselles sous leurs ombrelles. Mais c'est surtout le livre d'or de l'hôtel qui passionne les parents. Ils ne se lassent pas de le feuilleter, ils s'arrêtent sur certains noms. Il en est un, particulièrement, sur lequel le père revient chaque fois. Et il gardera toujours en mémoire, même déformé par le souvenir, le commentaire écrit qui l'accompagne. D'été en été, au long des années trente, c'est toujours le même : « Robert et Youki Desnos sont venus ici, ils y ont été très heureux, et ils reviendront l'année prochaine. » Et puis, après 1940, il n'y a plus rien. Quand le père relit la dernière mention, celle de la dernière année, la petite fille voit que son visage devient très triste. On dirait même qu'il va pleurer. « Tu sais, dit la mère pour faire diversion, tu sais bien : Desnos, c'est l'auteur des chantefables que je t'ai apprises. – Oui, dit le père, et c'est aussi lui qui a écrit *Ce cœur qui haïssait la guerre*. – Il est toujours vivant, Desnos ? questionne la petite fille. Pourquoi ils ne reviennent plus s'ils étaient si heureux ici ? – Il est mort depuis longtemps. – Comment il est mort ? – Il est mort à la guerre. – Comme tes parents et ton frère ? Mais pourquoi, puisqu'il haïssait la guerre ? – C'est justement pour ça qu'il a dû faire la guerre. – Je ne comprends pas. Et toi, tu as fait la guerre ? – Non, j'étais trop jeune, mais je me souviens. – Tu te souviens de quoi ? – De tout. – Raconte-moi. – Plus tard. »

C'est ce jour-là, pourtant, qu'il décide qu'il ne pourra plus éluder. Il se souvient du temps où lui-même était un petit garçon avec qui des Ombres croyaient bien faire en ne lui laissant voir du monde extérieur que de vagues contours. Protectrices ou indifférentes ? Lui s'est laissé faire. En cela, heureusement, sa fille ne lui ressemble pas. Elle ne se laisse pas faire. Elle exige la vérité et elle y revient toujours, sérieuse, obstinée, sévère même. Et quand il commencera à parler, il se rendra compte que, d'instinct, elle en sait déjà beaucoup. C'est bien plutôt à sa mère qu'elle ressemble. Comme si de génération en génération, les îliens, à force de vivre cernés par la mer, le vent et les nuages, avaient fini par développer d'impalpables antennes.

Pendant le temps qu'ils restent sur cette pointe extrême, il leur arrive de voir un cargo qui passe au large se dérouter et venir au plus près de la côte, si près que l'on peut entendre le grondement sourd des machines. Avant de reprendre son cap, il lance un appel de sirène. « Il y a un matelot de chez nous à bord, disent alors les dames de l'hôtel. Il est venu saluer l'île avant la traversée. »

La petite fille agite les bras en direction de la poupe du cargo qui regagne de la vitesse et s'éloigne. Elle souhaite bonne chance au matelot de son île.

*

Le père n'attendit pas la fin de l'été pour repartir. Il avait terminé son manuscrit et était pressé de chercher un éditeur. Il savait que ce serait difficile, parce qu'il y racontait des choses dont il avait le sentiment que peu de gens avaient envie de les entendre et encore moins de les lire. Il y parlait de guerre. Les gens aiment bien voir la guerre au cinéma, surtout quand elle est celle des autres, ou qu'elle s'est passée il y a longtemps. Mais lui, ce qu'il décrivait, c'était une guerre qui avait lieu maintenant. C'était son pays qui la faisait. Pourtant il aimait son pays, envers et contre tout. *La Sale Guerre*, avait-il choisi pour titre. Mais il n'en était pas satisfait. Cela signifiait-il qu'il existait des guerres qui n'étaient pas sales ?

Il reprit le bateau du soir. Au bout de la jetée, les deux silhouettes étaient là, mais le feu follet ne dansait plus. Il agitait un foulard. Il ne put s'empêcher de penser : l'adieu suprême des mouchoirs. Puis il se traita d'idiot.

*

C'est aussi par le bateau du soir que, des années plus tard, il est revenu pour la dernière fois dans l'île. Il savait que c'était fini. Ce voyage, il ne le ferait jamais plus. La petite fille avait grandi, elle était devenue une femme, avec ses amours, ses passions, son métier, ses révoltes. Elle avait eu des enfants, ils étaient déjà grands, elle leur avait transmis autant qu'elle le pouvait son amour de l'île. De son île.

C'était l'hiver. Il n'y avait personne sur la jetée. Il n'est pas allé jusqu'à la maison. Il s'est arrêté au village, au bord du vallon, là où sa fille venait autrefois avec sa grand-mère apporter des fleurs. Il n'avait même pas pensé à acheter des fleurs. Il se répétait les mots de la grand-mère : « Laissez-la vivre sa vie. » Et la petite fille avait vécu sa vie.

Peu avant la fin, elle lui avait dit : « Tu sais, on ne l'a jamais écrit, le livre que nous devions faire ensemble. – Quel livre ? – Celui où nous raconterions toutes les aventures de l'oncle. Rappelle-toi comment ça se termine : il est parti à la rencontre du *Hollandais Volant*, et personne ne l'a revu. – C'est vrai, j'avais oublié. Mais nous avons encore tout le temps devant nous. – Bien sûr. Mais n'oublie plus. »

Ils n'ont pas eu le temps. Le jour où le père a vu venir la mort dans les yeux de sa fille, il était trop tard. Beaucoup trop tard. Toujours trop tard. Le temps s'est arrêté. Pour elle, mais aussi, se dit-il, pour lui.

Et il a su, ce jour-là, en quittant le cimetière du village, que s'il était retourné dans la maison vide il n'aurait pu s'empêcher, comme la petite fille de jadis, de guetter les bruits de la charpente. En espérant vaguement entendre sur le toit un nouveau pas, très léger. Aussi léger qu'un feu follet.

Et je sais, moi, qu'en reprenant le bateau, il a regardé s'éloigner pour la dernière fois le port aussi longtemps qu'il l'a pu. Il y avait une légère brume, et les contours de l'île se sont estompés. La brume entrait lentement en lui. Il sentait qu'elle ne le quitterait plus. Des oiseaux planaient au-dessus du pont. Mais comment ferait-il, désormais, pour reconnaître un fou de Bassan ?

Août 2007 – Août 2008.

Note

Même si les personnages de ces récits sont, pour une grande part, nés de l'imagination de l'auteur, toute ressemblance avec des personnes qu'il a connues et aimées ne saurait être non plus totalement fortuite. Il en est de même pour les lieux qui y sont décrits.

Le titre « Voir les falaises » a été emprunté à celui du roman de Philippe Ceillier (éditions Albin Michel, 1965), en souvenir trop tardif du temps d'une enfance et de voyages partagés.

De même, afin d'éviter tout soupçon de plagiat, l'auteur signale, pour les lecteurs à qui cela aurait échappé, que la description des « grandes personnes » comme des « Ombres » qui passent dans la vie des enfants est due à Colette dans *Le Blé en herbe*, qui fut et resta l'une des lectures préférées de la petite fille.

L'auteur remercie le Centre culturel et social Jacques-Brel de la ville d'Outreau, qui lui a permis de rafraîchir sa mémoire grâce à son livre *Outreau d'hier et d'aujourd'hui*.

Enfin, et surtout, l'auteur tient à dire ici toute sa reconnaissance à Isabelle Paccalet pour le soin et la compétence qu'elle a apportés, comme toujours, à l'édition de ce livre.

I. Voir les falaises

II. Une maison dans l'île

DU MÊME AUTEUR

Le Sourire du chat
Seuil, 1984
et « Points », n° P503

Le Figuier
Seuil, 1988
et « Points », n° P1160

Les Passagers du Roissy-Express
(photographies d'Anaïk Frantz)
Seuil, 1990
et « Points », n° P1161

L'Honneur de Saint-Arnaud
Plon, 1993
Seuil, 2012
et « Points », n° P17

Le Temps des Italiens
Seuil, 1994
et « Points », n° P186

La Plage noire
Seuil, 1995
et « Points », n° P279

Balkans-Transit
(photographies de Klavdij Sluban)
Seuil, 1997
et « Points », n° P683

Les Abeilles & la Guêpe
Seuil, 2002
et « Points », n° P1127

Transit & Cie
La Quinzaine littéraire, 2004

Le Vol de la mésange

Seuil, 2006
et « Points », n° P2116

L'Ombre d'une photographe, Gerda Taro

Seuil, 2006

RÉALISATION : PAO ÉDITIONS DU SEUIL
IMPRESSION : CPI BRODARD ET TAUPIN À LA FLÈCHE
DÉPÔT LÉGAL : NOVEMBRE 2012. N° 109341. (70040)
IMPRIMÉ EN FRANCE

Éditions Points

Le catalogue complet de nos collections est sur Le Cercle Points, ainsi que des interviews de vos auteurs préférés, des jeux-concours, des conseils de lecture, des extraits en avant-première…

www.lecerclepoints.com

DERNIERS TITRES PARUS

P2485. Pieds nus sur les limaces, *Fabienne Berthaud*
P2486. Le renard était déjà le chasseur, *Herta Müller*
P2487. La Fille du fossoyeur, *Joyce Carol Oates*
P2488. Vallée de la mort, *Joyce Carol Oates*
P2489. Moi tout craché, *Jay McInerney*
P2490. Toute ma vie, *Jay McInerney*
P2491. Virgin Suicides, *Jeffrey Eugenides*
P2492. Fakirs, *Antonin Varenne*
P2493. Madame la présidente, *Anne Holt*
P2494. Zone de tir libre, *C.J. Box*
P2495. Increvable, *Charlie Huston*
P2496. On m'a demandé de vous calmer, *Stéphane Guillon*
P2497. Je guéris mes complexes et mes déprimes
Christophe André & Muzo
P2498. Lionel raconte Jospin, *Lionel Jospin*
P2499. La Méprise – L'affaire d'Outreau, *Florence Aubenas*
P2500. Kyoto Limited Express, *Olivier Adam*
avec des photographies de Arnaud Auzouy
P2501. « À la vie, à la mort », Amitiés célèbres
dirigé par Patrick et Olivier Poivre d'Arvor
P2502. « Mon cher éditeur », Écrivains et éditeurs
dirigé par Patrick et Olivier Poivre d'Arvor
P2503. 99 clichés à foutre à la poubelle, *Jean-Loup Chiflet*
P2504. Des Papous dans la tête – Les Décraqués – L'anthologie
P2505. L'Étoile du matin, *André Schwarz-Bart*
P2506. Au pays des vermeilles, *Noëlle Châtelet*
P2507. Villa des hommes, *Denis Guedj*
P2508. À voix basse, *Charles Aznavour*
P2509. Un aller pour Alger, *Raymond Depardon*
avec un texte de Louis Gardel
P2510. Beyrouth centre-ville, *Raymond Depardon*
avec un texte de Claudine Nougaret

P2511. Et la fureur ne s'est pas encore tue, *Aharon Appelfeld*
P2512. Les Nouvelles Brèves de comptoir, tome 1
Jean-Marie Gourio
P2513. Six heures plus tard, *Donald Harstad*
P2514. Mama Black Widow, *Iceberg Slim*
P2515. Un amour fraternel, *Pete Dexter*
P2516. À couper au couteau, *Kriss Nelscott*
P2517. Glu, *Irvine Welsh*
P2518. No Smoking, *Will Self*
P2519. Les Vies privées de Pippa Lee, *Rebecca Miller*
P2520. Nord et Sud, *Elizabeth Gaskell*
P2521. Une mélancolie arabe, *Abdellah Taïa*
P2522. 200 dessins sur la France et les Français
The New Yorker
P2523. Les Visages, *Jesse Kellerman*
P2524. Dexter dans de beaux draps, *Jeff Lindsay*
P2525. Le Cantique des innocents, *Donna Leon*
P2526. Manta Corridor, *Dominique Sylvain*
P2527. Les Sœurs, *Robert Littell*
P2528. Profileuse – Une femme sur la trace des serial killers,
Stéphane Bourgoin
P2529. Venise sur les traces de Brunetti – 12 promenades au fil
des romans de Donna Leon, *Toni Sepeda*
P2530. Les Brumes du passé, *Leonardo Padura*
P2531. Les Mers du Sud, *Manuel Vázquez Montalbán*
P2532. Funestes carambolages, *Håkan Nesser*
P2533. La Faute à pas de chance, *Lee Child*
P2534. Padana City, *Massimo Carlotto, Marco Videtta*
P2535. Mexico, quartier Sud, *Guillermo Arriaga*
P2536. Petits Crimes italiens
Ammaniti, Camilleri, Carlotto, Dazieri, De Cataldo,
De Silva, Faletti, Fois, Lucarelli, Manzini
P2537. La guerre des banlieues n'aura pas lieu, *Abd Al Malik*
P2538. Paris insolite, *Jean-Paul Clébert*
P2539. Les Ames sœurs, *Valérie Zenatti*
P2540. La Disparition de Paris et sa renaissance en Afrique
Martin Page
P2541. Crimes horticoles, *Mélanie Vincelette*
P2542. Livre de chroniques IV, *António Lobo Antunes*
P2543. Mon témoignage devant le monde, *Jan Karski*
P2544. Laitier de nuit, *Andreï Kourkov*
P2545. L'Évasion, *Adam Thirlwell*
P2546. Forteresse de solitude, *Jonathan Lethem*
P2547. Totenauberg, *Elfriede Jelinek*
P2548. Méfions-nous de la nature sauvage, *Elfriede Jelinek*
P2549. 1974, *Patrick Besson*

P2550. Conte du chat maître zen
(illustrations de Christian Roux), Henri Brunel
P2551. Les Plus Belles Chansons, *Charles Trenet*
P2552. Un monde d'amour, *Elizabeth Bowen*
P2553. Sylvia, *Leonard Michaels*
P2554. Conteurs, menteurs, *Leonard Michaels*
P2555. Beaufort, *Ron Leshem*
P2556. Un mort à Starvation Lake, *Bryan Gruley*
P2557. Cotton Point, *Pete Dexter*
P2558. Viens plus près, *Sara Gran*
P2559. Les Chaussures italiennes, *Henning Mankell*
P2560. Le Château des Pyrénées, *Jostein Gaarder*
P2561. Gangsters, *Klas Östergren*
P2562. Les Enfants de la dernière chance, *Peter Høeg*
P2563. Faims d'enfance, *Axel Gauvin*
P2564. Mémoires d'un antisémite, *Gregor von Rezzori*
P2565. L'Astragale, *Albertine Sarrazin*
P2566. L'Art de péter, *Pierre-Thomas-Nicolas Hurtaut*
P2567. Les Miscellanées du rock
Jean-Éric Perrin, Jérôme Rey, Gilles Verlant
P2568. Les Amants papillons, *Alison Wong*
P2569. Dix mille guitares, *Catherine Clément*
P2570. Les Variations Bradshaw, *Rachel Cusk*
P2571. Bakou, derniers jours, *Olivier Rolin*
P2572. Bouche bée, tout ouïe… ou comment tomber amoureux des langues, *Alex Taylor*
P2573. La grammaire, c'est pas de la tarte !
Olivier Houdart, Sylvie Prioul
P2574. La Bande à Gabin, *Philippe Durant*
P2575. « Le vote ou le fusil », *suivi de* « Nous formons un seul et même pays », *Malcolm X, John Fitzgerald Kennedy*
P2576. « Vive la Commune ! », *suivi de* « La Commune est proclamée » et de « La guerre civile en France »
Louise Michel, Jules Vallès, Karl Marx
P2577. « Je vous ai compris ! », *suivi de* « L'Algérie n'est pas la France » et de « Le droit à l'insoumission »
Charles de Gaulle, Gouvernement provisoire algérien, Manifeste des 121
P2578. « Une Europe pour la paix », *suivi de* « Nous disons NON » et de « Une communauté passionnée »
Robert Schuman, Jacques Chirac, Stefan Zweig
P2579. 13 heures, *Deon Meyer*
P2580. Angle obscur, *Reed Farrel Coleman*
P2581. Le Tailleur gris, *Andrea Camilleri*
P2582. La Vie sexuelle d'un Américain sans reproche
Jed Mercurio

P2583. Une histoire familiale de la peur, *Agata Tuszyńska*
P2584. Le Blues des Grands Lacs, *Joseph Coulson*
P2585. Le Tueur intime, *Claire Favan*
P2586. Comme personne, *Hugo Hamilton*
P2587. Fille noire, fille blanche, *Joyce Carol Oates*
P2588. Les Nouvelles Brèves de comptoir, tome 2
Jean-Marie Gourio
P2589. Dix petits démons chinois, *Frédéric Lenormand*
P2590. L'ombre de ce que nous avons été, *Luis Sepúlveda*
P2591. Sévère, *Régis Jauffret*
P2592. La Joyeuse Complainte de l'idiot, *Michel Layaz*
P2593. Origine, *Diana Abu-Jaber*
P2594. La Face B, *Akhenaton*
P2595. Paquebot, *Hervé Hamon*
P2596. L'Agfa Box, *Günter Grass*
P2597. La Ville insoumise, *Jon Fasman*
P2598. Je résiste aux personnalités toxiques
(et autres casse-pieds), *Christophe André & Muzo*
P2599. Le soleil me trace la route. Conversations avec Tiffy
Morgue et Jean-Yves Gaillac, *Sandrine Bonnaire*
P2600. Mort de Bunny Munro, *Nick Cave*
P2601. La Reine et moi, *Sue Townsend*
P2602. Orages ordinaires, *William Boyd*
P2603. Guide farfelu mais nécessaire de conversation anglaise
Jean-Loup Chiflet
P2604. Nuit et Jour, *Virginia Woolf*
P2605. Trois hommes dans un bateau (sans oublier le chien !)
Jerome K. Jerome
P2606. Ode au vent d'Ouest. Adonaïs et autres poèmes
Percy Bysshe Shelley
P2607. Les Courants fourbes du lac Tai, *Qiu Xiaolong*
P2608. Le Poisson mouillé, *Volker Kutscher*
P2609. Faux et usage de faux, *Elvin Post*
P2610. L'Angoisse de la première phrase, *Bernard Quiriny*
P2611. Absolument dé-bor-dée !, *Zoe Shepard*
P2612. Meurtre et Obsession, *Jonathan Kellerman*
P2613. Sahara, *Luis Leante*
P2614. La Passerelle, *Lorrie Moore*
P2615. Le Territoire des barbares, *Rosa Montero*
P2616. Petits Meurtres entre camarades. Enquête secrète au cœur
du PS, *David Revault d'Allonnes*
P2617. Une année avec mon père, *Geneviève Brisac*
P2618. La Traversée des fleuves. Autobiographie
Georges-Arthur Goldschmidt
P2619. L'Histoire très ordinaire de Rachel Dupree
Ann Weisgarber

P2620. À la queue leu leu. Origines d'une ribambelle d'expressions populaires, *Gilles Guilleron*
P2621. Poèmes anglais, *Fernando Pessoa*
P2622. Danse avec le siècle, *Stéphane Hessel*
P2623. L'Épouvantail, *Michael Connelly*
P2624. London Boulevard, *Ken Bruen*
P2625. Pourquoi moi ?, *Omar Raddad*
P2626. Mes étoiles noires, *Lilian Thuram*
P2627. La Ronde des innocents, *Valentin Musso*
P2628. Ô ma mémoire. La poésie, ma nécessité, *Stéphane Hessel*
P2629. Une vie à brûler, *James Salter*
P2630. Léger, humain, pardonnable, *Martin Provost*
P2631. Lune captive dans un œil mort, *Pascal Garnier*
P2632. Hypothermie, *Arnaldur Indridason*
P2633. La Nuit de Tomahawk, *Michael Koryta*
P2634. Les Raisons du doute, *Gianrico Carofiglio*
P2635. Les Hommes-couleurs, *Cloé Korman*
P2636. Le Cuisinier, *Martin Suter*
P2637. N'exagérons rien !, *David Sedaris*
P2638. Château-l'Arnaque, *Peter Mayle*
P2639. Le Roman de Bergen. 1900 L'aube, tome I *Gunnar Staalesen*
P2640. Aurora, Kentucky, *Carolyn D. Wall*
P2641. Blanc sur noir, *Kriss Nelscott*
P2642. Via Vaticana, *Igal Shamir*
P2643. Le Ruban rouge, *Carmen Posadas*
P2644. My First Sony, *Benny Barbash*
P2645. « On m'a demandé de vous virer », *Stéphane Guillon*
P2646. Les Rillettes de Proust. Ou 50 conseils pour devenir écrivain, *Thierry Maugenest*
P2647. 200 expressions inventées en famille, *Cookie Allez*
P2648. Au plaisir des mots, *Claude Duneton*
P2649. La Lune et moi. Les meilleures chroniques, Haïkus d'aujourd'hui
P2650. Le marchand de sable va passer, *Andrew Pyper*
P2651. Lutte et aime, là où tu es !, *Guy Gilbert*
P2652. Le Sari rose, *Javier Moro*
P2653. Le Roman de Bergen. 1900 L'aube, tome II *Gunnar Staalesen*
P2654. Jaune de Naples, *Jean-Paul Desprat*
P2655. Mère Russie, *Robert Littell*
P2656. Qui a tué Arlozoroff ?, *Tobie Nathan*
P2657. Les Enfants de Las Vegas, *Charles Bock*
P2658. Le Prédateur, *C.J. Box*
P2659. Keller en cavale, *Lawrence Block*
P2660. Les Murmures des morts, *Simon Beckett*

P2661. Les Veuves d'Eastwick, *John Updike*
P2662. L'Incertain, *Virginie Ollagnier*
P2663. La Banque. Comment Goldman Sachs dirige le monde
Marc Roche
P2664. La Plus Belle Histoire de la liberté, *collectif*
P2665. Le Cœur régulier, *Olivier Adam*
P2666. Le Jour du Roi, *Abdellah Taïa*
P2667. L'Été de la vie, *J.M. Coetzee*
P2668. Tâche de ne pas devenir folle, *Vanessa Schneider*
P2669. Le Cerveau de mon père, *Jonathan Franzen*
P2670. Le Chantier, *Mo Yan*
P2671. La Fille de son père, *Anne Berest*
P2672. Au pays des hommes, *Hisham Matar*
P2673. Le Livre de Dave, *Will Self*
P2674. Le Testament d'Olympe, *Chantal Thomas*
P2675. Antoine et Isabelle, *Vincent Borel*
P2676. Le Crépuscule des superhéros, *Deborah Eisenberg*
P2677. Le Mercredi des Cendres, *Percy Kemp*
P2678. Journal. 1955-1962, *Mouloud Feraoun*
P2679. Le Quai de Ouistreham, *Florence Aubenas*
P2680. Hiver, *Mons Kallentoft*
P2681. Habillé pour tuer, *Jonathan Kellerman*
P2682. Un festin de hyènes, *Michael Stanley*
P2683. Vice caché, *Thomas Pynchon*
P2684. Traverses, *Jean Rolin*
P2685. Le Baiser de la pieuvre, *Patrick Grainville*
P2686. Dans la nuit brune, *Agnès Desarthe*
P2687. Une soirée au Caire, *Robert Solé*
P2688. Les Oreilles du loup, *Antonio Ungar*
P2689. L'Homme de compagnie, *Jonathan Ames*
P2690. Le Dico de la contrepèterie.
Des milliers de contrepèteries pour s'entraîner et s'amuser
Joël Martin
P2691. L'Art du mot juste.
275 propositions pour enrichir son vocabulaire
Valérie Mandera
P2692. Guide de survie d'un juge en Chine, *Frédéric Lenormand*
P2693. Doublez votre mémoire. Journal graphique
Philippe Katerine
P2694. Comme un oiseau dans la tête.
Poèmes choisis, *René Guy Cadou*
P2696. La Dernière Frontière, *Philip Le Roy*
P2697. Country blues, *Claude Bathany*
P2698. Le Vrai Monde, *Natsuo Kirino*
P2699. L'Art et la manière d'aborder son chef de service pour lui
demander une augmentation, *Georges Perec*

P2700. Dessins refusés par le *New Yorker*, *Matthew Diffee*
P2701. Life, *Keith Richards*
P2702. John Lennon, une vie, *Philip Norman*
P2703. Le Dernier Paradis de Manolo, *Alan Warner*
P2704. L'Or du Maniéma, *Jean Ziegler*
P2705. Le Cosmonaute, *Philippe Jaenada*
P2706. Donne-moi tes yeux, *Torsten Pettersson*
P2707. Premiers Romans, *Katherine Pancol*
P2708. Off. Ce que Nicolas Sarkozy n'aurait jamais dû nous dire
Nicolas Domenach, Maurice Szafran
P2709. Le Meurtrier de l'Avent, *Thomas Kastura*
P2710. Le Club, *Leonard Michaels*
P2711. Le Vérificateur, *Donald Antrim*
P2712. Mon patient Sigmund Freud, *Tobie Nathan*
P2713. Trois explications du monde, *Tom Keve*
P2714. Petite sœur, mon amour, *Joyce Carol Oates*
P2715. Shim Chong, fille vendue, *Hwang Sok Yong*
P2716. La Princesse effacée, *Alexandra de Broca*
P2717. Un nommé Peter Karras, *George P. Pelecanos*
P2718. Haine, *Anne Holt*
P2719. Les jours s'en vont comme des chevaux sauvages dans les collines, *Charles Bukowski*
P2720. Ma grand-mère avait les mêmes.
Les dessous affriolants des petites phrases
Philippe Delerm
P2721. Mots en toc et formules en tic. Petites maladies du parler d'aujourd'hui, *Frédéric Pommier*
P2722. Les 100 plus belles récitations de notre enfance
P2723. Chansons. L'Intégrale, *Charles Aznavour*
P2724. Vie et opinions de Maf le chien et de son amie Marilyn Monroe, *Andrew O'Hagan*
P2725. Sois près de moi, *Andrew O'Hagan*
P2726. Le Septième Fils, *Arni Thorarinsson*
P2727. La Bête de miséricorde, *Fredric Brown*
P2728. Le Cul des anges, *Benjamin Legrand*
P2729. Cent seize Chinois et quelque, *Thomas Heams-Ogus*
P2730. Conversations avec moi-même.
Lettres de prison, notes et carnets intimes
Nelson Mandela
P2731. L'Inspecteur Ali et la CIA, *Driss Chraïbi*
P2732. Ce délicieux Dexter, *Jeff Lindsay*
P2733. Cinq femmes et demie, *Francisco González Ledesma*
P2734. Ils sont devenus français, *Doan Bui, Isabelle Monnin*
P2735. D'une Allemagne à l'autre. Journal de l'année 1990
Günter Grass
P2736. Le Château, *Franz Kafka*

P2737. La Jeunesse mélancolique et très désabusée d'Adolf Hitler
Michel Folco
P2738. L'Enfant des livres, *François Foll*
P2739. Karitas, l'esquisse d'un rêve, *Kristín Marja Baldursdóttir*
P2740. Un espion d'hier et de demain, *Robert Littell*
P2741. L'Homme inquiet, *Henning Mankell*
P2742. La Petite Fille de ses rêves, *Donna Leon*
P2743. La Théorie du panda, *Pascal Garnier*
P2744. La Nuit sauvage, *Terri Jentz*
P2745. Les Lieux infidèles, *Tana French*
P2746. Vampires, *Thierry Jonquet*
P2747. Eva Moreno, *Håkan Nesser*
P2748. La 7e victime, *Alexandra Marinina*
P2749. Mauvais fils, *George P. Pelecanos*
P2750. L'espoir fait vivre, *Lee Child*
P2751. La Femme congelée, *Jon Michelet*
P2752. Mortelles Voyelles, *Gilles Schlesser*
P2753. Brunetti passe à table. Recettes et récits
Roberta Pianaro et Donna Leon
P2754. Les Leçons du Mal, *Thomas Cook*
P2755. Joseph sous la pluie. Roman, poèmes, dessins
Mano Solo
P2756. Le Vent de la Lune, *Antonio Muñoz Molina*
P2757. Ouvrière, *Franck Magloire*
P2758. Moi aussi un jour, j'irai loin, *Dominique Fabre*
P2759. Cartographie des nuages, *David Mitchell*
P2760. Papa et maman sont morts, *Gilles Paris*
P2761. Caravansérail, *Charif Majdalani*
P2762. Les Confessions de Constanze Mozart
Isabelle Duquesnoy
P2763. Esther Mésopotamie, *Catherine Lépront*
P2764. L'École des Absents, *Patrick Besson*
P2765. Le Livre des brèves amours éternelles, *Andreï Makine*
P2766. Un long silence, *Mikal Gilmore*
P2767. Les Jardins de Kensington, *Rodrigo Fresán*
P2768. Samba pour la France, *Delphine Coulin*
P2769. Danbé, *Aya Cissoko et Marie Desplechin*
P2770. Wiera Gran, l'accusée, *Agata Tuszyńska*
P2771. Qui a tué l'écologie ?, *Fabrice Nicolino*
P2772. Rosa Candida, *Audur Ava Olafsdóttir*
P2773. Otage, *Elie Wiesel*
P2774. Absurdistan, *Gary Shteyngart*
P2775. La Geste des Sanada, *Yasushi Inoué*
P2776. En censurant un roman d'amour iranien
Shahriar Mandanipour
P2777. Un café sur la Lune, *Jean-Marie Gourio*

P2778. Caïn, *José Saramago*
P2779. Le Triomphe du singe-araignée, *Joyce Carol Oates*
P2780. Faut-il manger les animaux ?, *Jonathan Safran Foer*
P2781. Les Enfants du nouveau monde, *Assia Djebar*
P2782. L'Opium et le Bâton, *Mouloud Mammeri*
P2783. Cahiers de poèmes, *Emily Brontë*
P2784. Quand la nuit se brise. Anthologie de poésie algérienne
P2785. Tibère et Marjorie, *Régis Jauffret*
P2786. L'Obscure Histoire de la cousine Montsé, *Juan Marsé*
P2787. L'Amant bilingue, *Juan Marsé*
P2788. Jeux de vilains, *Jonathan Kellerman*
P2789. Les Assoiffées, *Bernard Quiriny*
P2790. Les anges s'habillent en caillera, *Rachid Santaki*
P2791. Yum Yum Book, *Robert Crumb*
P2792. Le Casse du siècle, *Michael Lewis*
P2793. Comment Attila Vavavoom remporta la présidentielle avec une seule voix d'avance, *Jacques Lederer*
P2794. Le Nazi et le Barbier, *Edgar Hilsenrath*
P2795. Chants berbères de Kabylie, *Jean Amrouche*
P2796. Une place au soleil, *Driss Chraïbi*
P2797. Le Rouge du tarbouche, *Abdellah Taïa*
P2798. Les Neuf Dragons, *Michael Connelly*
P2799. Le Mécano du vendredi (illustrations de Jacques Ferrandez), *Fellag*
P2800. Le Voyageur à la mallette *suivi de* Le Vieux Quartier *Naguib Mahfouz*
P2801. Le Marquis des Éperviers, *Jean-Paul Desprat*
P2802. Spooner, *Pete Dexter*
P2803. « Merci d'avoir survécu », *Henri Borlant*
P2804. Secondes noires, *Karin Fossum*
P2805. Ultimes Rituels, *Yrsa Sigurdardottir*
P2806. Le Sourire de l'agneau, *David Grossman*
P2807. Le garçon qui voulait dormir, *Aharon Appelfeld*
P2808. Frontière mouvante, *Knut Faldbakken*
P2809. Je ne porte pas mon nom, *Anna Grue*
P2810. Tueurs, *Stéphane Bourgoin*
P2811. La Nuit de Geronimo, *Dominique Sylvain*
P2812. Mauvais Genre, *Naomi Alderman*
P2813. Et l'âne vit l'ange, *Nick Cave*
P2814. Les Yeux au ciel, *Karine Reysset*
P2815. Un traître à notre goût, *John le Carré*
P2816. Les Larmes de mon père, *John Updike*
P2817. Minuit dans une vie parfaite, *Michael Collins*
P2818. Aux malheurs des dames, *Lalie Walker*
P2819. Psychologie du pingouin et autres considérations scientifiques, *Robert Benchley*

P2820. Petit traité de l'injure. Dictionnaire humoristique
Pierre Merle
P2821. L'Iliade, *Homère*
P2822. Le Roman de Bergen. 1950 Le Zénith – tome III
Gunnar Staalesen
P2823. Les Enquêtes de Brunetti, *Donna Leon*
P2824. Dernière Nuit à Twisted River, *John Irving*
P2825. Été, *Mons Kallentoft*
P2826. Allmen et les libellules, *Martin Suter*
P2827. Dis camion, *Lisemai*
P2828. La Rivière noire, *Arnaldur Indridason*
P2829. Mary Ann en automne. Chroniques de San Francisco, épisode 8, *Armistead Maupin*
P2830. Les Cendres froides, *Valentin Musso*
P2831. Les Compliments. Chroniques, *François Morel*
P2832. Bienvenue à Oakland, *Eric Miles Williamson*
P2833. Tout le cimetière en parle, *Marie-Ange Guillaume*
P2834. La Vie éternelle de Ramsès II, *Robert Solé*
P2835. Nyctalope ? Ta mère. Petit dictionnaire loufoque des mots savants, *Tristan Savin*
P2836. Les Visages écrasés, *Marin Ledun*
P2837. Crack, *Tristan Jordis*
P2838. Fragments. Poèmes, écrits intimes, lettres,
Marilyn Monroe
P2839. Histoires d'ici et d'ailleurs, *Luis Sepúlveda*
P2840. La Mauvaise Habitude d'être soi
Martin Page, Quentin Faucompré
P2841. Trois semaines pour un adieu, *C.J. Box*
P2842. Orphelins de sang, *Patrick Bard*
P2843. La Ballade de Gueule-Tranchée, *Glenn Taylor*
P2844. Cœur de prêtre, cœur de feu, *Guy Gilbert*
P2845. La Grande Maison, *Nicole Krauss*
P2846. 676, *Yan Gérard*
P2847. Betty et ses filles, *Cathleen Schine*
P2848. Je ne suis pas d'ici, *Hugo Hamilton*
P2849. Le Capitalisme hors la loi, *Marc Roche*
P2850. Le Roman de Bergen. 1950 Le Zénith – tome IV
Gunnar Staalesen
P2851. Pour tout l'or du Brésil, *Jean-Paul Delfino*
P2852. Chamboula, *Paul Fournel*
P2853. Les Heures secrètes, *Élisabeth Brami*
P2854. J.O., *Raymond Depardon*
P2855. Freedom, *Jonathan Franzen*
P2856. Scintillation, *John Burnside*
P2857. Rouler, *Christian Oster*
P2858. Accabadora, *Michela Murgia*

P2859. Kampuchéa, *Patrick Deville*
P2860. Les Idiots (petites vies), *Ermanno Cavazzoni*
P2861. La Femme et l'Ours, *Philippe Jaenada*
P2862. L'Incendie du Chiado, *François Vallejo*
P2863. Le Londres-Louxor, *Jakuta Alikavazovic*
P2864. Rêves de Russie, *Yasushi Inoué*
P2865. Des garçons d'avenir, *Nathalie Bauer*
P2866. La Marche du cavalier, *Geneviève Brisac*
P2867. Cadrages & Débordements
Marc Lièvremont (avec Pierre Ballester)
P2868. Automne, *Mons Kallentoft*
P2869. Du sang sur l'autel, *Thomas Cook*
P2870. Le Vingt et Unième cas, *Håkan Nesser*
P2871. Nous, on peut. Manuel anticrise à l'usage du citoyen
Jacques Généreux
P2872. Une autre jeunesse, *Jean-René Huguenin*
P2873. L'Amour d'une honnête femme, *Alice Munro*
P2874. Secrets de Polichinelle, *Alice Munro*
P2875. Histoire secrète du Costaguana, *Juan Gabriel Vásquez*
P2876. Le Cas Sneijder, *Jean-Paul Dubois*
P2877. Assommons les pauvres !, *Shumona Sinha*
P2878. Brut, *Dalibor Frioux*
P2879. Destruction massive. Géopolitique de la faim
Jean Ziegler
P2880. Une petite ville sans histoire, *Greg Iles*
P2881. Intrusion, *Natsuo Kirino*
P2882. Tatouage, *Manuel Vázquez Montalbán*
P2883. D'une porte l'autre, *Charles Aznavour*
P2884. L'Intégrale Gainsbourg. L'histoire de toutes ses chansons
Loïc Picaud, Gilles Verlant
P2885. Hymne, *Lydie Salvayre*
P2886. B.W., *Lydie Salvayre*
P2887. Les Notaires. Enquête sur la profession la plus puissante
de France, *Laurence de Charette, Denis Boulard*
P2888. Le Dépaysement. Voyages en France
Jean-Christophe Bailly
P2889. Les Filles d'Allah, *Nedim Gürsel*
P2890. Les Yeux de Lira, *Eva Joly et Judith Perrignon*
P2891. Recettes intimes de grands chefs, *Irvine Welsh*
P2892. Petit Lexique du petit, *Jean-Luc Petitrenaud*
P2893. La Vie sexuelle d'un islamiste à Paris, *Leïla Marouane*
P2894. Ils sont partis avec panache. Les dernières paroles,
de Jules César à Jimi Hendrix, *Michel Gaillard*
P2896. Le Livre de la grammaire intérieure, *David Grossman*
P2897. Philby. Portrait de l'espion en jeune homme
Robert Littell

P2898. Jérusalem, *Gonçalo M. Tavares*
P2899. Un capitaine sans importance, *Patrice Franceschi*
P2900. Grenouilles, Mo Yan
P2901. Lost Girls, *Andrew Pyper*
P2902. Satori, *Don Winslow*
P2903. Cadix, ou la diagonale du fou, *Arturo Pérez-Reverte*
P2904. Cranford, *Elizabeth Gaskell*
P2905. Les Confessions de Mr Harrison, *Elizabeth Gaskell*
P2906. Jón l'Islandais, *Bruno d'Halluin*
P2907. Journal d'un mythomane, *Nicolas Bedos*
P2908. Le Roi prédateur, *Catherine Graciet et Eric Laurent*
P2909. Tout passe, *Bernard Comment*
P2910. Paris, mode d'emploi. Bobos, néo-bistro, paniers bio et autres absurdités de la vie parisienne *Jean-Laurent Cassely*
P2911. J'ai réussi à rester en vie, *Joyce Carol Oates*
P2912. Folles nuits, *Joyce Carol Oates*
P2913. L'Insolente de Kaboul, *Chékéba Hachemi*
P2914. Tim Burton : entretiens avec Mark Salisbury
P2915. 99 proverbes à foutre à la poubelle, *Jean-Loup Chiflet*
P2916. Les Plus Belles Expressions de nos régions *Pascale Lafitte-Certa*
P2917. Petit dictionnaire du français familier. 2000 mots et expressions, d'« avoir la pétoche » à « zigouiller », *Claude Duneton*
P2918. Les Deux Sacrements, *Heinrich Böll*
P2919. Le Baiser de la femme-araignée, *Manuel Puig*
P2920. Les Anges perdus, *Jonathan Kellerman*
P2921. L'Humour des chats, *The New Yorker*
P2922. Les Enquêtes d'Erlendur, *Arnaldur Indridason*
P2923. Intermittence, *Andrea Camilleri*
P2924. Betty, *Arnaldur Indridason*
P2925. Grand-père avait un éléphant, *Vaikom Muhammad Basheer*
P2926. Les Savants, *Manu Joseph*
P2927. Des saisons au bord de la mer, *François Maspero*
P2928. Le Poil et la Plume, *Anny Duperey*
P2929. Ces 600 milliards qui manquent à la France *Antoine Peillon*
P2930. Pensées pour moi-même. Le livre autorisé de citations *Nelson Mandela*
P2931. Carnivores domestiques (illustrations d'OlivSteen) *Erwan Le Créac'h*
P2932. Tes dernières volontés, *Laura Lippman*
P2933. Disparues, *Chris Mooney*
P2934. La Prisonnière de la tour, *Boris Akounine*
P2935. Cette vie ou une autre, *Dan Chaon*